通往特雷比西亚的桥

〔美〕凯瑟琳·佩特森 著

王梦达 译

南海出版公司

这本书本来是写给我儿子大卫·劳德·佩特森的，不过他读完之后，请我把丽萨的名字也放在这一页上。
献给大卫·佩特森和丽萨·希尔。
万岁！

新经典文化股份有限公司
www.readinglife.com
出 品

前　言

第一次读到《通往特雷比西亚的桥》，是在我三十岁的时候。

当时，我在明尼阿波利斯市一家名为"读书人"的图书经销商处上班。那家公司位于一幢由巨大的旧仓库改造而成的建筑内，我的工作地点在三楼，工作内容是填写童书订单。

那里是水泥地，书架全是金属的，到处都是窗户。午后时分，大片的阳光透过窗户洒落一地，让人感觉仿佛置身于一间满是扬尘和图书的大教堂之中。

我就是伴着这样的阳光，读完了《通往特雷比西亚的桥》。对我来说，这个故事永远都和光联系在一起。

书中有这么一个情节，主人公杰斯在朋友莱斯莉的家里，帮莱斯莉和她的爸爸比尔粉刷房间。

"他们把客厅粉刷成了金色。莱斯莉和杰斯本想刷成蓝

I

色，可比尔坚持选择了金色，最后出来的效果十分亮眼，让莱斯莉和杰斯心悦诚服。黄昏时分，阳光从西边斜斜地洒进来，整间屋子盈满了光。"

《通往特雷比西亚的桥》的故事就好像那个房间——洋溢着金色，盈满了光。

在书中，不幸的事情发生了，几乎让人无法承受。

可我们还是承受住了。

那是因为凯瑟琳·佩特森对她笔下的人物如此深爱，理解得如此透彻，让我们这些读者也体验到了被深爱、被理解的感觉。我们仿佛也置身于金色的房间，被温暖的阳光拥入怀中。

就好像有人在娓娓道来生命的真谛。

我曾将《通往特雷比西亚的桥》推荐给好友的儿子卢克·贝利。那是十六年前的事了，当时他只有九岁。一读完，卢克就从自己的房间跑进厨房，站在他妈妈面前，他不停地抽泣着，衬衫的前襟都哭湿了。他说："我永远、永远都不会原谅凯特阿姨。"

如今，卢克已经长大了，他是读者，是历史老师，也是作家。

前不久，我发了条短信问他：你还记得读《通往特雷比西亚的桥》的事吗？

卢克回复我说，时隔这么多年，再次想到这本书，还是有种揪心的痛。

他还说他依稀记得自己为此怪过我。

然后,卢克提到他的一名学生,这名学生经历了悲痛的重大变故。正是那段阅读《通往特雷比西亚的桥》的经历,让卢克能够感同身受,试着走进那名学生的内心,分担他的痛苦和哀伤。

"我想,这就是文学带给我们的力量吧。"卢克说。

的确,这就是文学带给我们的力量。

《通往特雷比西亚的桥》牵起我们的手,引导我们步入一个我们此前从未进入的房间。

读完这个故事后,我们无法对所知道的事情视而不见。

我们感受到撕心裂肺的痛。

但是,我们仍然能感到自己被深爱、被理解、被紧紧拥抱着。讲述真相的人,对我们拥有足够的信赖。也正因如此,这个房间洋溢着金色,盈满了光。

儿童文学作家　凯特·迪卡米洛

第1章	小杰斯·奥利弗·亚伦斯	1
第2章	莱斯莉·伯克	13
第3章	五年级跑得最快的孩子	25
第4章	特雷比西亚的王	39
第5章	猎杀巨人	63
第6章	特里恩王子的到来	77
第7章	金色的房间	89
第8章	复活节	107

目录 · Contents

第 9 章　邪恶的诅咒　　　119

第 10 章　完美的一天　　　129

第 11 章　不!　　　143

第 12 章　困境　　　153

第 13 章　搭桥　　　163

写在《通往特雷比西亚的桥》出版四十年后　　　177

作者荣膺纽伯瑞儿童文学金奖获奖感言　　　183

第 1 章

小杰斯·奥利弗·亚伦斯

轰——轰——轰，呜嗡——呜嗡——呜嗡——呜嗡——很好，爸爸开着皮卡货车走了，现在可以起床了，杰斯溜下床，套上干农活穿的工装裤。衬衫就不用了，就算清晨的空气透着阵阵寒意，只要一跑起来，也会热得哗哗冒汗。鞋子也算了，他的脚底板早已磨得硬邦邦的，和那双破烂的运动鞋也差不多了。

"杰斯，你去哪儿？"梅·贝尔睡眼蒙眬地从她和乔伊斯·安挤在一起的床上欠起身，问了一句。

"嘘。"杰斯做了个噤声的手势。墙很薄，要是这个点就把妈妈吵起来，她准保会气得像困在果酱罐子里的苍蝇。

他抚了抚梅·贝尔的头发，将揉皱的被单掖在她的小下巴颏下面。"就奶牛场那儿。"他小声说。梅·贝尔微微一笑，舒服地蜷进被窝里。

"去跑步吗？"

"可能吧。"

他当然是去跑步的。一整个夏天，杰斯每天都早起去跑步。他琢磨着，如果勤加练习的话——他也的确做到了，等开学的时候，他就有望成为五年级跑得最快的那一个。他一定要当最快的那一个——不是最快的之一，也不是最快的前几个，而是唯一的一个，最快最好的那个。

他蹑手蹑脚地走出家门。他家是个老房子，无论踩到哪儿，都嘎吱嘎吱响。不过杰斯已经掌握了诀窍，只要踮起脚走，地板就只会发出微响，一般来说他都能顺顺利利地溜出家门，而不被妈妈、艾丽、布兰达和乔伊斯·安察觉。梅·贝尔另当别论。她还不到七岁，特别崇拜杰斯。如果你是家里唯一的男孩，两个姐姐已经懒得把你打扮成小娃娃、用生锈的婴儿车推着你到处溜达，而最小的妹妹在你用斗鸡眼看她时会哇哇大哭，那么有人崇拜的滋味还是挺不错的，虽说有些时候也挺烦人。

杰斯迈开大步，快跑着穿过院子，在空气中呼出一小团一小团白雾。就八月来说，天够凉的，不过时候还早，等到了中午，妈妈催他出去干活的时候，估计就会热得够呛。

杰斯翻过小山似的杂物堆，跃过篱笆栅栏，跑进奶牛场。贝西小姐睡眼蒙眬地注视着他，发出哞哞的叫声，那双棕色的大眼睛中透着好奇，活脱脱是另一个梅·贝尔。

"嗨，贝西小姐，"杰斯温柔地说，"回去接着睡吧。"

奶牛场大部分的草地都已经发黄，贝西小姐踱着步子找到一片绿草皮，啃下一大口咀嚼起来。

"好姑娘，好好吃早饭吧，不用管我。"

杰斯总是把奶牛场的西北角作为起跑点，照着《体育大世界》节目里那些选手的样子，采用蹲踞式起跑姿势。

"砰！"一声令下，他绕着奶牛场飞奔起来。贝西小姐朝奶牛场的中心慢慢踱着步，嘴里慢条斯理地嚼着，依旧睡眼惺忪地注视着他。就算按照奶牛的标准来看，它也称不上聪明，好在比较识趣，从没挡过杰斯的道。

杰斯尽情舒展开四肢，稻草色的头发上下翻飞，不断打在额头上。他从没接受过正规的跑步训练，不过对十岁孩子来说他的腿算长的，而且没有人比他更有毅力。

云雀溪小学什么都缺，尤其缺乏运动器材，午休时，所有的球都被高年级的大孩子霸占着，就算有哪个五年级的孩子先拿到球，顶多玩个半小时就会被六年级或七年级的抢了去。高年级的男生总是占据操场上较为干燥的核心区域进行球类运动，女生则利用旁边的小块地方跳房子、跳绳，或聚在一起聊天。其余地势低的地方要么坑坑洼洼，要么泥泞不堪，低年级男生便想出了赛跑的点子。他们在远远的一头排成一排，等跑步不行但嗓门儿够大的厄尔·沃特森高喊一声"砰！"，就争先恐后地朝另一头用脚趾画出的终点线冲去。

去年，杰斯赢过一次比赛。不只是小组赛，还包括整场决赛。虽然只有一次，但足以让他尝到胜利的甜头。自打一年级，他就是别人口中"那个成天画画的小疯子"，可在四月二十二日，那个下着蒙蒙细雨的星期一，伴着鞋底破了洞的运动鞋溅起的红色泥点，杰斯将所有人都甩在了后面。

从那天下午一直到第二天的中午，他成了"那个三、四、五年级里跑得最快的孩子"，当时他才四年级。到了星期二，照例又是韦恩·佩蒂斯跑了第一。不过今年，韦恩·佩蒂斯就要升六年级了，他会和高年级的其他大孩子一起，秋冬打橄榄球，春天打棒球。这样一来，大家都有了争第一的机会，要让贝西小姐说，今年的冠军一定是小杰斯·奥利弗·亚伦斯。

杰斯向着远处的栅栏加速冲刺，不自觉地伸长了脖子，手臂摆得也更加卖力。他仿佛已听见三年级男生的欢呼和尖叫，他们会像拥戴乡村音乐巨星一样追着他。梅·贝尔估计尾巴要翘到天上去了：跑得最快最好的那个是她哥哥！这话题可够她一年级的同学聊好一阵子了。

就连爸爸也会感到骄傲吧。杰斯沿着拐角转了个弯，速度明显慢了下来，奔跑的脚步并未停下——可以锻炼耐力。梅·贝尔肯定会告诉爸爸的，这样一来，他就可以显得低调一些。说不定爸爸会特别高兴，从而忘掉开车往返华盛顿的长途奔波和成天挖掘、运输的辛劳，像从前一样一个打滚翻倒在地,和他玩一会儿摔跤。那时老爸一定会惊讶地发现这几年里儿子长得有多结实。

身体向杰斯发出了休息的哀求,可他仍在坚持,他得让弱小的胸膛知道,谁才是真正的主人。

"杰斯!"杂物堆另一边传来梅·贝尔的喊声,"妈妈叫你先回家吃饭,等会儿再挤牛奶。"

糟糕,他一跑就忘了时间。现在可好,大家都知道他溜出去的事了,冷嘲热讽是免不了了。

"好的好的。"他转过身,径直朝杂物堆跑去,步伐矫健地翻过栅栏,爬过杂物堆,敲了下梅·贝尔的脑袋——惹来她"哎哟!"一声叫唤,然后一路小跑进了屋。

"哎哟哟,快来瞧伟大的奥运明星,"艾丽说着哐的一声,将两只杯子往桌上一搁,溅出几滴浓郁的黑咖啡,"满头大汗的,活像头累死累活的骡子。"

杰斯将湿漉漉的头发从脸上拨开,一屁股坐在木头长凳上。他往自己的杯子里加了两大勺糖,然后小口吸溜着咖啡,以免烫到嘴巴。

"哎呀妈妈,他好臭,"布兰达捏住鼻子,还翘起了小拇指,"快让他去洗洗。"

"起来,去水槽那儿冲一冲,"妈妈站在炉灶前,头都不抬地来了一句,"别磨蹭,玉米粥都快煳锅底了。"

"不是吧!又吃玉米粥!"布兰达哀号了一声。

老天,他都快累瘫了,浑身上下没有一处肌肉不酸痛的。

"你听到妈妈说的话没有?"艾丽在他背后嚷嚷。

"我受不了了,妈妈!"布兰达又开始挑事了,"臭烘烘的一团,你快叫他从长凳上挪开!"

杰斯垂下脑袋,将脸颊贴在原木桌板上。

"杰斯!"妈妈这回总算往他这儿看了,"洗完了把上衣穿上。"

"遵命。"杰斯拖着沉重的脚步走到水槽前,撩起冰凉的水拍打在脸上和胳膊上,滚烫的皮肤顿时一紧。

梅·贝尔正站在厨房门口看着他。

"梅·贝尔,给我拿件衣服过来。"

梅·贝尔看似一脸不情愿,最终却只说了句:"你不该打我脑袋。"说完她就跑开了,乖乖地去给杰斯拿上衣。梅·贝尔真是个好丫头。要是乔伊斯·安被那样轻轻拍了下,必定要大哭大闹。四岁的小孩可真难缠。

"我可告诉你们,今天早上家里有一堆事要做。"等大家吃完了玉米粥和搭配的红烩汁,妈妈宣布道。妈妈的家乡在佐治亚州,她一直保持着那边的饮食习惯。

"哎呀,妈妈!"艾丽和布兰达齐刷刷叫唤起来。一听有活要干,这两个姑娘躲得比谁都快,蚱蜢从指尖溜走的速度都赶不上她俩。

"妈妈,我和布兰达要去米尔斯堡买学校用的东西,你答应过的。"

"哪儿有钱给你们买这些!"

"妈妈,我们就去看看嘛。"老天,杰斯真希望布兰达别这么叽叽歪歪下去。"圣诞节嘛!你也不想让我们无聊透底吧。"

"是无聊透顶。"艾丽一板一眼地纠正她。

"你给我闭嘴。"

艾丽没搭理她,继续说:"蒂蒙斯太太一会儿就来接我们。上星期日我就和罗莉说了你同意我们去,我可不想像个傻子似的,打电话说你临时变卦。"

"你们要去就去吧。不过我这儿可没钱。"

没钱。像是有人在杰斯的脑袋里轻轻重复了一遍。

"知道啦,妈妈。爸爸上次不是说要给我们五块钱吗,我们就用那个好了,不多要。"

"什么五块钱?"

"哎呀,妈妈,你记得的嘛,"艾丽的声音又甜又腻,像融化的巧克力棒似的,"就上个星期,爸爸答应给我们一点钱买上学用的东西。"

"这样啊,喏,给。"妈妈气鼓鼓地从炉灶的搁板上取下破破烂烂的塑料钱包,数出五张皱巴巴的钞票。

"妈妈,"布兰达又来那一套了,"就不能再多给一块吗?这样正好一人三块。"

"不行！"

"可是妈妈，就两块五的话，什么都买不到。一小沓活页纸都要卖到——"

"不行！"

艾丽起身开始收拾桌子，故意搞出丁零当啷的动静，然后大声说："布兰达，今天该你洗碗。"

"不是吧，艾丽。"

艾丽拿勺子敲了布兰达一下，杰斯看到了她警告的神色。布兰达只得闭上涂成玫瑰色的嘴唇，将要发的牢骚生生吞进肚子里。虽然脑瓜子不如艾丽聪明，她也知道和妈妈讨价还价这事应该见好就收。

反正到最后所有的活都会落在杰斯头上。妈妈从不派活给两个妹妹。其实只要杰斯稍微使点手段，梅·贝尔也是愿意干点活的。杰斯把头贴在桌子上——跑了一早上，可把他累坏了。这时，外面传来蒂蒙斯家那辆老别克车的声音，要是爸爸在的话，肯定会说"该加油了"。还有七嘴八舌的说话声传来，艾丽和布兰达已经跑出门，和蒂蒙斯家的孩子挤成一团。

"别躲懒了，杰斯，该干吗干吗去。贝西小姐涨奶涨得乳房该拖到地上了。再说你还有豆子要摘。"

躲懒。他倒成躲懒的那一个了。杰斯趴着没动，任由昏沉沉的脑袋又在桌上歇了一分钟。

"杰——斯！"

"知道了，妈妈。我这就去。"

杰斯在豆田里忙碌的时候，梅·贝尔专程跑了过来，告诉他隔壁农场的帕金斯老宅里有人搬来了。杰斯拨开额前的头发，眯起眼睛向那边张望。果不其然。老宅门口正停着一辆搬家公司的卡车，还是那种加挂车厢的大家伙。看样子，他们带的零零碎碎的东西可真不少。不过他们撑不了多久的。帕金斯老宅是那种破破烂烂的乡下房子，只有穷得叮当响才会住进去，但凡条件好点，就会立马搬走。杰斯后来才意识到生活的荒诞之处：他即将迎来这辈子最重要的一刻，而当时他只是不以为意地耸了耸肩。

苍蝇绕着他汗湿的脸颊和肩膀嗡嗡打转。杰斯将豆子倒进桶里，两只手挥赶着。"梅·贝尔，帮我把衣服拿来。"对他来说，苍蝇可比搬家公司的卡车重要。

梅·贝尔跑到田埂尽头，将杰斯之前扔在那儿的上衣捡起来，用两根手指夹着，胳膊伸得老远，一路往回走一路抱怨："哎哟，好臭！"活脱脱布兰达的口吻。

"闭嘴。"杰斯说着一把从她手里夺过衣服。

第 2 章

莱斯莉·伯克

七点了,艾丽和布兰达还没回家。杰斯已经完成所有的采摘工作,还帮妈妈把豆子都做成了罐头。妈妈非要把豆子煮得滚烫之后才肯装罐,蒸腾的热气把厨房变得像炼狱一样。当然了,妈妈的脾气也好不到哪儿去,她一下午都在冲杰斯大叫大嚷,现在身心俱疲,没有多余的力气做晚饭了。

杰斯给自己和两个妹妹做了花生酱三明治。厨房里仍然热腾腾的,还弥漫着一股令人作呕的豆子味,他们三个只好去屋外吃饭。

搬家公司的卡车仍旧停在帕金斯老宅外面。倒是没看见有人走来走去,想必东西都已经卸完了。

"真希望他们家有个女孩,六七岁大,"梅·贝尔说,"可以跟我一起玩。"

"你可以跟乔伊斯·安一起玩。"

"我讨厌乔伊斯·安,她就是个小屁孩。"

乔伊斯·安嘴巴一撇,杰斯和梅·贝尔眼睁睁看着她的嘴唇哆嗦起来,接着她胖嘟嘟的身子也哆嗦起来,一声响亮的号哭爆发出来。

"谁又把宝宝惹哭了?"妈妈的吼声透过纱门传来。

杰斯叹了口气,把自己的最后一口三明治塞进乔伊斯·安大张的嘴巴里。乔伊斯·安瞪大了眼睛,然后啊呜一口闭上嘴巴,享受起这份意外之喜。现在他总算可以清静片刻了。

妈妈正躺在厨房的摇椅里看电视,杰斯走进屋,掩上纱门,从妈妈身后溜了过去,走进他和两个妹妹共住的房间。他从床垫下摸出本子和铅笔,然后趴在床上画了起来。

画画对于杰斯来说,和有些人喝威士忌的体验差不多,一种平静感从他昏沉沉的头脑中生出,然后流淌过他疲惫紧绷的身体。真的,他太喜欢画画了。他画得最多的是动物,不是贝西小姐或小鸡那种常见的动物,而是陷入了某种绝境中的疯狂动物——也不知道为什么,杰斯喜欢将笔下的动物置于不可能的境地之中。他现在画的是一头跳落悬崖的河马,在空中翻了一个又一个跟头——从那些弯弯曲曲的线条就能看出来,下面就是大海,海里的鱼儿惊呆了,鼓着水泡眼,争先恐后地跃出水面。河马呈屁股朝上、头朝下的姿势,屁股上方还有只气球。它在说:"哎呀,我好像忘戴眼镜了。"

杰斯脸上浮出一丝微笑。要是把这幅画拿给梅·贝尔看的话,恐怕他先得把笑话解释一遍。不过一旦听明白了,梅·贝尔就会像电视里那些现场观众一样,笑得前仰后合。

杰斯也很想把自己的画作拿给爸爸看,可他不敢。一年级的时候,他曾和爸爸说自己长大后想当画家。他本以为爸爸听了会高兴,可没想到爸爸问了一句:"那破学校在教什么?那群老太婆把我唯一的儿子教成了那种——"他打住了话头,可杰斯已经明白了他的意思。这种事哪怕已经过去了四年,也不会让人忘记。

更令杰斯感到折磨的是,平时教他主课的老师没有一个欣赏他的画作,只要一逮到他在涂涂画画,他们就会嚷嚷这是浪费——浪费时间,浪费纸张,浪费精力。只有音乐老师埃德蒙斯小姐是个例外。只有在她面前,杰斯才敢大大方方地展示自己的作品。埃德蒙斯小姐来学校不过一年时间,而且每周只来周五一天。

如果说杰斯有什么小秘密的话,埃德蒙斯小姐算是一个。他仰慕埃德蒙斯小姐。不是艾丽和布兰达在电话里嘀嘀咕咕的那种打情骂俏,他的情感如此真切和深沉,以至于无法说出口,甚至连想都不敢多想。埃德蒙斯小姐有一头乌黑飘逸的长发,还有一双湛蓝湛蓝的眼睛。她弹起吉他来就好像一个明星,她的嗓音温柔婉转,让人听得入迷。

天哪，她简直光芒四射。更重要的是，埃德蒙斯小姐也喜欢他。

去年冬天的一天，他送了埃德蒙斯小姐一张自己的画。下课后，他把画往她手里一塞就跑了。到了下个周五的时候，埃德蒙斯小姐特意在课后留下了他，说他"才华横溢"，还希望他不要因为任何挫折而灰心，而要继续"坚持下去"。杰斯相信，她这么说的意思就是他是最优秀的，不是爸妈或学校老师眼里的那种优秀，而是极具天分的那种优秀。他将这份认可如海盗的宝藏般埋藏在心里。他才华横溢，只是现在无人知晓，除了他的知己——茱莉亚·埃德蒙斯。

去年，读七年级的布兰达跟妈妈提起过埃德蒙斯小姐，妈妈的评价是"听起来像那种嬉皮士"。

或许是吧。杰斯懒得和妈妈争辩，在他眼里，埃德蒙斯小姐是一只美丽的野生动物，因为某种阴差阳错才被困在学校这座肮脏老旧的笼子里。不过他希望、他祈祷，她永远不要挣脱逃离这笼子。他之所以能忍受整整一周的枯燥课程，就是为了周五下午这半小时的音乐课。上课时，全班围坐在教师办公室的破旧地毯上——全校再没有其他地方能让埃德蒙斯小姐铺开一大摊子乐器，哼唱各种歌曲，有《美丽的气球》《这是你的土地》《自在你我》《随风而逝》，因为特纳校长的坚持，还少不了《天佑美国》。

埃德蒙斯小姐会弹起吉他，让孩子们轮流拨弄自鸣筝，敲击三角铁、铜钹，打起铃鼓和邦戈鼓。哎呀，那场面热闹的！所有老师都讨厌星期五，很多学生也假装讨厌星期五。

不过杰斯知道他们有多虚伪。现在越战已经结束，宣扬和平已无可厚非，可大家还是会冲嬉皮士和反战者指手画脚，孩子们甚至会取笑埃德蒙斯小姐不涂口红，或是她牛仔裤的剪裁。在整个云雀溪小学里，埃德蒙斯小姐是唯一一位穿裤装的女教师。在华盛顿及其周边那些讲究精致生活的郊区，甚至在米尔斯堡，这样的打扮没什么问题，可云雀溪是片远离时尚的保守之地。这里的人花了好长时间才接受，电视上的事物也是现实生活中活生生的存在。

所以每到星期五，云雀溪小学的孩子们都会坐在书桌前，聆听着教师办公室那边传来的欢笑和喧闹声，激动得心脏怦怦直跳，然后在埃德蒙斯小姐奔放的美和热情的感召下，度过属于自己班的半个小时。等走出办公室的时候，大家却又好像若无其事——那种穿紧身牛仔裤、涂着浓厚眼影、嘴唇上却什么都不抹的嬉皮士，才不可能蛊惑自己呢！

杰斯始终对此保持着缄默。想要捍卫埃德蒙斯小姐，对抗他们那套无理而虚伪的攻击，纯属白费口舌。再说了，她才看不上这些小儿科的行为呢。她对此根本不屑一顾。不过每到星期五，只要一有机会，杰斯都会凑近，站上几分钟，聆听她那丝绒般柔顺绵软的声音提醒自己，他是个"好孩子"。

我们两个很像，杰斯总这么对自己说，我和埃德蒙斯小姐，美丽的茱莉亚。这句话就像吉他和弦般在他脑海里荡漾。茱莉亚和我，我们不属于云雀溪。"你是沙砾中一颗璀璨的钻石。"一次，埃德蒙斯小姐这么告诉他，还用手指轻轻点了点他的鼻尖。那感觉让杰斯仿佛触了电一样。不过，她才是钻石，在这片泥泞、贫瘠而肮脏的土地上熠熠闪耀。

"杰——斯！"

杰斯赶紧将本子和笔往床垫下一塞，顺势翻了个身，仰面朝天地躺着，一颗心还在怦怦地剧烈跳着。

妈妈就站在门口。"你挤过奶了吗？"

杰斯腾的一下从床上跳起来。"这就去。"他绕过妈妈，走进厨房，从水槽边拎起牛奶桶，又从门边抄起板凳，在妈妈追问前迅速闪身出了屋。

天就快黑了，三层楼的帕金斯老宅灯火通明。贝西小姐的乳房沉甸甸的，涨奶的不适令它烦躁不安，几个小时前就该挤奶了。杰斯在板凳上坐好，随着一下下挤压，温热的牛奶不断喷向桶内。道路那头，偶有亮着大灯的卡车驶过。爸爸应该就快回来了，还有那两个滑头姐姐。她们只顾自己寻开心，把家务活都扔给了他和妈妈。杰斯想知道她俩把钱都花到哪里去了。唉，他多想拥有一沓崭新的美术专用纸，还有一套马克笔。只要一触到纸面，颜色就能迅速渲染上去，要多快有多快，不像学校里那些快用秃的蜡笔，你得用力往下压才能蹭出点颜色，别人还会嫌你故意搞破坏。

一辆汽车拐了过来，是蒂蒙斯家的老别克，两个姐姐比爸爸更早到了家。杰斯听见车门砰的一声关上，然后是一阵欢声笑语。等他拎着挤好的牛奶回去时，大家肯定在有说有笑地聊天，妈妈甚至会将一天的疲惫和愤懑抛在脑后，给她们准备晚饭。他必须独自承受这一切。和家里这群女性生物生活在一起，他有时觉得孤单极了——家里唯一的那只公鸡都死了，她们也没买只新的回来。至于爸爸，每天起早贪黑，基本见不到面，怎么可能体会他的心情呢？至于周末，也好不到哪儿去，爸爸累死累活地忙了一星期，不干活的时候只想放松一下，看着看着电视就睡着了。

"喂，杰斯。"

是梅·贝尔，这傻丫头，都不让你独自琢磨点心事。

"你又想干吗？"

梅·贝尔的气势顿时弱了下去，耷拉着脑袋说："我想和你说点事。"

"你该上床睡觉了。"杰斯不耐烦地说，又因为打断了她而生自己的气。

"艾丽和布兰达回去了。"

"回来,是回来。"他干吗总忍不住挑她的刺呢?

不过她的消息实在大快人心,杰斯没再打断她的话头。"艾丽给自己买了件透明衬衫,妈妈简直气炸了!"

太好了,他心里暗暗想,不过嘴上却说:"这也不值得大惊小怪嘛。"

呜嗡——呜嗡——呜嗡——

"爸爸!"梅·贝尔欢呼起来,朝大路边跑去。杰斯看着爸爸把车停稳,然后弯腰打开车门,让梅·贝尔爬上去。他转过了身。这个幸运的小丫头,可以追在爸爸屁股后面,抱他亲他。爸爸会抱起两个妹妹,将她们扛在肩膀上,或是弯下腰把她们搂进怀里。每每看见这些,杰斯心里就会隐隐刺痛,好像从出生的那一刻起,他就已经是个男子汉,不能再撒娇了。

牛奶桶满了,杰斯拍了拍贝西小姐,示意它可以走了。他用左边胳膊夹住板凳,腾出双手,小心翼翼地拎起沉甸甸的牛奶桶,生怕洒出一滴牛奶。

"到这个点才挤奶也太晚了吧,你说呢,儿子?"整个晚上,这是爸爸对他说的唯一一句话。

第二天一早,听见皮卡发动的声音时,杰斯差点没起来床。还在半醒不醒的时候,他就已经感到挥之不去的疲惫。梅·贝尔已经撑着手肘支起身子,咧嘴冲他一笑,问道:"你今天不跑步啦?"

"不了,"他边说边将被单往旁边一推,"今天我要飞。"

今天比往常都累,杰斯得咬紧牙关才能坚持。他想象韦恩·佩蒂斯也在这里,就在自己前方,他必须迎头赶上。他的双脚蹬在坑洼不平的地面上,胳膊摆动得越来越卖力。他就要追上对手了。"看好了,韦恩·佩蒂斯,"他从牙缝里挤出这几个字,"我赢定了,你认栽吧!"

"既然你这么害怕奶牛,干吗不爬到栅栏上面来?"一个声音突然响起。

就像电视里的定格镜头一样,跑步的动作戛然而止,他踉跄着转过身,看向发问的人。对方坐在距离帕金斯老宅最近的一道栅栏上,晃荡着两条棕色的腿,一头剪得参差不齐的棕色短发紧贴着头皮,上身穿一件蓝色汗衫,下身是一条褪色的牛仔裤,还不到膝盖的长度。老实说,看不出是男孩还是女孩。

"你好啊,"那个陌生的孩子朝着帕金斯老宅的方向晃了下脑袋,说道,"我们是刚搬来的。"

杰斯愣在原地,盯着对方没有说话。

对方哧溜一下从栅栏上滑下来,朝杰斯走过来。"说不定咱俩能交个朋友,附近也没别人了。"

女孩,杰斯确定了,对方肯定是个女孩。至于自己为何突然那么笃定,他也说不清。她和杰斯的个头差不多,等她走到近前的时候，杰斯有点开心地发现对方比自己还是矮了那么一丁点。

"我叫莱斯莉·伯克。"

这名字听上去都是那种男孩女孩都能用的，不过杰斯现在坚定了自己先前的判断。

"怎么了？"

"嗯？"

"有什么不对吗？"

"哦，没什么。"杰斯竖起大拇指，朝自己家的方向指了指，然后拂去额前的头发说，"我叫杰斯·亚伦斯。"可惜啊，梅·贝尔找个同龄人的愿望落空了。"那，先这样吧。"杰斯朝她点点头，"再见。"他转身往家那边走去。看来今天早上跑步是别想了，还是去给贝西小姐挤个奶吧，趁机甩掉她。

"喂！"莱斯莉站在奶牛场中央，双手撑腰，歪头问道，"你去哪儿？"

"去干活。"杰斯扭过头答了一句。等他拎着牛奶桶和板凳出来的时候，莱斯莉已经不见了踪影。

第 3 章

五年级跑得最快的孩子

直到下星期二的时候，杰斯才再次见到莱斯莉。那是云雀溪小学开学的第一天，特纳校长将她领到五年级迈尔斯夫人的班里。

莱斯莉还是那身打扮：褪色的牛仔短裤和蓝色汗衫，这回她脚上穿了双运动鞋，但没穿袜子。教室里激起一阵惊讶的骚动，就好像打开散热器盖子后从里面蒸腾出的水汽。大家可都规规矩矩穿着最好的衣服来上学的，就连杰斯都穿了灯芯绒长裤，衬衫也熨烫得平平整整。

莱斯莉对大家的反应似乎毫不在意。她站在全班面前，用平静的目光回应着同学们的目瞪口呆，仿佛在说："好啦，朋友们，这就是我。"迈尔斯夫人则在绞尽脑汁地琢磨多一张课桌该加在哪儿。五年级的教室是一间小小的地下室，每排放六张课桌，共放了五排，已经够局促的了。

"三十一个，"迈尔斯夫人不停嘟囔着，双下巴微微颤动，

"三十一个。没有哪个班里的学生超过了二十九个。"最后，她总算决定把课桌加在前面靠墙的地方。"暂时先这样吧，呃——莱斯莉，这是目前最好的办法，我们教室实在太挤了。"说完，她朝特纳校长离去的背影不满地瞥了一眼。

莱斯莉安静地等在原地。一个七年级男生奉命搬来一张课桌，好不容易才塞进指定的位置，就在教室前面第一扇窗户下面，紧靠着暖气片。莱斯莉轻轻地将课桌和暖气片拉开一点距离，坐了下去，接着转过身，用目光扫视全班其他同学。

三十双眼睛立刻躲闪开来，齐刷刷盯着各自课桌上的划痕。杰斯伸出食指，摸了摸刻在自己桌子上的一颗桃心和一对名字首字母缩写——BR+SK，琢磨着这张课桌以前的主人会是谁。SK 很可能是萨莉·科赫（Sally Koch）。五年级的女生比男生更喜欢画爱心这些玩意儿。这么说来，BR 肯定就是比利·鲁德（Billy Rudd）了。可谁都知道，上学期他喜欢的是玛娜·豪瑟呀。当然了，这些划痕未必就是上届新刻的，往前推算的话……

"杰斯·亚伦斯、鲍比·格雷斯，请把算术课本发下去。"说这话的时候，迈尔斯夫人的脸上闪过一丝著名的"开学日微笑"。据高年级的学生说，迈尔斯夫人一年只笑两次，学期开始的时候一次，学期结束的时候一次。

杰斯站起身，朝教室前面走去，经过莱斯莉的课桌时，莱斯莉冲他咧嘴笑了笑,手在课桌下像波浪一样弯了弯,杰斯点点头作为回应。他忍不住同情起她来,开学第一天,穿得怪里怪气地坐在第一排,还谁都不认识,肯定很尴尬吧。

他按照迈尔斯夫人的吩咐,将课本逐一分发下去。经过盖瑞·富尔彻身边时,他被对方一把抓住胳膊。"今天跑吗?"杰斯点点头。盖瑞得意地笑了。他以为能跑赢我呢,笨蛋。想到这里,杰斯不由得心痒痒起来,他知道自己比上学期进步了不少。盖瑞没准儿还以为韦恩·佩蒂斯升入了六年级,自己就成了最快的那个。不过他,杰斯,打算这个中午给老对手盖瑞一个大大的"惊喜"。他感觉像把一只蚱蜢吞进了肚子,一刻也等不及了。

迈尔斯夫人摆出一副总统的架势,一边不紧不慢地发着书,一边履行点名签到等繁文缛节。在杰斯看来,她纯属故意拖延时间,好尽量晚点开始上课。趁着发书的间隙,杰斯偷偷抽出一张阜楠纸,画起画来。他一直想要画一个完整的故事,首先要选定最主要的角色,再围绕角色展开情节。杰斯设计了好几个动物形象,打算先把书名起好。好书名是成功的一半。《捣蛋鬼河马》?听上去不错。《捣蛋鬼河马赫比》?更不错。《驼背鳄鱼奇遇记》?也不赖。

"你在画什么?"盖瑞·富尔彻探过身问道。

杰斯赶忙用胳膊捂住纸。"没什么。"

"哎呀,给我看看呗。"

杰斯摇了摇头。

盖瑞伸出手,试图将杰斯的胳膊从纸上拽开。"驼背鳄鱼——拜托啦,杰斯,"他哑着嗓子小声说,"看一下又没关系。"他一边说,一边掰开杰斯的拇指。

杰斯用两只胳膊护住纸,伸出脚,用鞋跟去踩盖瑞的脚指头。

"哎哟!"

"你们两个!"迈尔斯夫人大喝一声,柠檬派般的笑容顿时消失了。

"他踩我的脚。"

"盖瑞,回你的座位上坐好。"

"可是他——"

"坐下!"

"杰斯·亚伦斯,你那边要是再发出一丁点动静,下课就别想出去,给我老老实实抄字典!"

杰斯感到脸上阵阵发烫。他将画纸塞回桌肚,垂下脑袋。这样的日子要持续一整年,总共还有八年要熬,他都怀疑自己能不能撑下去。

孩子们就在自己的课桌上吃午饭。县政府答应给云雀溪小学建一所食堂,一晃二十年过去了,还没有筹到足够的钱。杰斯生怕午休的时候被罚抄字典,所以处处小心谨慎,就连吃烟熏红肠三明治时都闭着嘴嚼，眼睛牢牢盯着桌上的爱心刻痕。他周围是一片嗡嗡的说话声。午餐的时候本该保持安静，可今天是开学第一天，咆哮怪迈尔斯夫人也会在这天减少一些火力。

"她的牛奶都凝成块了。"说话的是玛丽·卢·皮普斯，和杰斯隔了两个座位。听那八卦的口吻，不愧是整个五年级的第二烦人精。

"笨蛋，那是酸奶。你不看电视的啊？"这回说话的是旺达·凯·摩尔，五年级的第一烦人精，就坐在杰斯前面。

"真臭！"

老天，她们就不能少管别人的闲事吗？莱斯莉·伯克想吃什么就吃什么不行吗？

杰斯忘了自己应该低调行事，咕嘟一声喝了一大口牛奶。

旺达·凯转过身，一脸嫌弃的表情。"杰斯·亚伦斯，你这声音真倒胃口。"

杰斯瞪了她一眼，又咕嘟一声喝了一大口。

"你真恶心。"

丁零零——午休铃响了，男生们欢呼着，争先恐后向门外冲去。

"所有男生，先坐在自己座位上少安毋躁。"

哦，天哪。

"女生排好队去操场。女士优先。"

男生们一个个毛毛躁躁地坐着,活像一群想要挣脱出茧蛹的飞蛾。迈尔斯夫人到底让不让他们出去了?

"男生听好了,如果你们能——"男生们根本没给她反悔的机会,没等迈尔斯夫人说完后半句话,就已经蜂拥而出了。

最先赶到操场的两个人已经用脚在地上画起了终点线。地面被之前的降雨冲刷得凹凸不平,经过一个夏天的暴晒又变得坚硬无比,最后他们只得放弃鞋子,改用树棍画。五年级的男生新晋成为老大,掩饰不住满脸的得意,支使四年级的男生做这做那。低年级的男生们则想办法偷偷混入其中。

"有多少人要跑?"盖瑞大声问道。

"我——我——我。"大家全都喊了起来。

"太多了。一、二、三年级不许参加,布彻的表弟和蒂米·沃恩除外。其他人只会添乱。"

低年级男生的肩膀一个个耷拉下来,不过还是乖乖退到了一旁。

"好了,现在还剩下……二十六、二十七,站好别动,二十八。格雷格,你数的也是二十八个吧?"盖瑞问自己的小跟班格雷格·威廉姆斯。

"对,二十八个。"

"好。还是老规矩,现在开始淘汰赛。四个四个轮流报数,报到一的是第一组,报到二的是——"

"知道啦,知道啦。"看这架势,盖瑞俨然把自己当成了今年的韦恩·佩蒂斯。大家已经开始不耐烦了。

杰斯分在第四组,正合他心意。他是想要赶紧跑没错,可他也不介意先看看其他人这个暑假的锻炼成果。盖瑞在第一组,当然了,什么事都要由他挑头。杰斯冲着他的背影咧嘴一笑,双手插进灯芯绒长裤的裤兜,右手食指戳进裤兜的破洞里。

盖瑞轻轻松松赢下第一组的比赛,还有大把精力对第二组发号施令。几个低年级的男生已经离开了,在操场边的斜坡上玩起了占山为王的游戏。这时,杰斯从余光中瞥到操场另一头走来一个身影。他转过身,假装专注于盖瑞高八度的命令声。

"你好。"莱斯莉·伯克走到了杰斯身边。

他稍稍往旁边让了让。"嗯。"

"你不跑吗?"

"过会儿。"说不定他一直这么爱搭不理的,她就回操场那边待着去了。

盖瑞让厄尔雷·沃特森喊发令号。杰斯目光始终盯着那些飞扬的衣摆和弓起的脊背,这组没有特别快的。

终点线那边,吉米·米切尔和克莱德·迪尔吵了起来。

大家都冲过去看热闹。杰斯留意到，莱斯莉·伯克一直都在自己旁边，不过他故意没去看她。

"克莱德第一，"盖瑞宣布道，"是克莱德先到的。"

"他们并列第一，"一个四年级男生抗议道，"我就站在这儿。"

"克莱德·迪尔第一。"

"赢的人是我，盖瑞，你离那么远，不可能看得到。"吉米·米切尔愤愤不平地说。

"赢的人是克莱德。"盖瑞根本不予理会，"不和你浪费时间了。第三组，各就各位，赶紧的。"

吉米攥紧了拳头。"这不公平。"

盖瑞转过身，朝起跑线走去。

"哎，就让他们两个都进决赛好了，有什么大不了的？"杰斯大声说道。

盖瑞停下脚步，霍地转过身，和他面对面站着。盖瑞先是瞪着杰斯，接着将目光转向莱斯莉·伯克。"然后呢，"他的声音里透着讥讽，"然后你就该让女生参加了吧。"

杰斯感到脸上阵阵发烫。"当然，"他赌气地说，"为什么不呢？"他故意扭过头看着莱斯莉，问道："想试试吗？"

"当然。"莱斯莉咧嘴一笑，"为什么不呢？"

"盖瑞，你该不会害怕和女生赛跑吧？"

有那么一刻，杰斯真以为盖瑞会揍他，整个人僵在原地。

他可不能让盖瑞觉得自己害怕挨上一拳。可盖瑞掉头跑开了，开始指挥第三组准备比赛。

"你可以和第四组一起比，莱斯莉。"为了让盖瑞听见，杰斯故意说得很大声。说完，他又将注意力集中在这组选手身上。瞧见没，他暗暗对自己说，面对盖瑞这样的小霸王，你也能挺直腰杆，毫不退缩。

鲍比·米勒轻松赢下了第三组的比赛。他是四年级里跑得最快的男生，几乎快赶上盖瑞了。不过还是没我快，杰斯心想。他已经开始兴奋起来，第四组里根本没人能和他一较高下。不过就算这样，他也会好好发挥，让盖瑞见识下自己的厉害。

莱斯莉就站在他的右侧。杰斯往左边稍稍挪了挪，可她似乎并没注意到。

发令声一响，杰斯就像离弦的箭一样冲了出去。跑起来的感觉实在太美妙了，就连隔着磨损的鞋底感觉到的坚硬不平的地面都很亲切。他发挥得很好，几乎可以嗅到盖瑞的惊讶。比起前三组，围观人群的声音更加喧闹，或许大家全都注意到了他的进步。杰斯很想回头看看其他人落到了哪里，可他忍住了，边跑边回头看未免也太傲慢了。他将注意力集中在前方的终点线上，每跑出一步，距离终点也就更近了一些。"哦，贝西小姐，你要是能看到就好了。"

有人追上来了。还没看见来人时，杰斯就已经感觉到了，他不由得加快了脚步。那个身影很快和他并驾齐驱，然后突然间超了过去。杰斯将自己逼到极限，他大口大口地喘着粗气，汗水流进了眼睛。他最终还是看清了那个身影，那条褪了色的牛仔短裤率先冲过了终点线，足足甩开他一米远。

莱斯莉转过身来，晒成小麦色的脸上露出一个大大的微笑。杰斯一言不发，跟跄着脚步，半走半跑地回到起点。这原本是他的夺冠日，他本来会成为四、五年级的跑步冠军，可现在他连小组赛都没出线。跑道两旁听不见任何欢呼声，其他男生也和他一样，惊讶得目瞪口呆。杰斯知道之后自己免不了要沦为笑柄，不过至少现在大家谁都没吭声。

"好了。"盖瑞率先打破僵局，试图摆出一副掌控全局的架势，"喂，你们几个小子，都去排队站好，决赛马上就开始了。"然后他走向莱斯莉，"你玩够了吧，现在该回去继续跳房子了。"

"可我赢了小组赛。"莱斯莉说。

盖瑞像公牛一样压低脑袋。"女生就不该来这儿玩，我看你还是趁早回去，等老师发现就晚了。"

"我想跑。"莱斯莉平静地说。

"你已经跑过了。"

"怎么了，盖瑞？"杰斯全部的怒火喷涌而出，仿佛失去了控制，"你怕和她比啊？"

盖瑞攥紧了拳头，可杰斯闪身走开了。他知道，这下盖瑞只能让步了。果不其然，盖瑞恼羞成怒，不情不愿地答应了。

莱斯莉跑赢了盖瑞。她第一个冲过终点线，转过身，用一双亮晶晶的大眼睛看着一群汗流浃背的傻小子。上课铃响了。杰斯穿过操场下的低地往教室走，双手仍然插在裤兜里。莱斯莉追了上来。杰斯抽出手，顺着斜坡一路小跑上去。她已经给自己惹下了够多的麻烦。可莱斯莉也加快了脚步，他怎么甩都甩不掉。

"谢谢。"她说。

"啊？"杰斯心里嘀咕：谢我干吗？

"在这个破学校里，你是唯一一个值得较量的对手。"

他不确定，总觉得她的声音在微微发颤，不过这回他可不会再同情她了。

"那就来较量。"他说。

那天下午，在放学回家的校车上，杰斯破天荒地坐在了梅·贝尔旁边。只有这样，他才能确保莱斯莉不会大大咧咧地挨着他坐。老天，什么该做，什么不该做，这女孩好像完全没概念。虽然一直盯着窗外，但他知道莱斯莉已经上了车，就坐在和他仅隔一条过道的座位上。

他听见她喊了声"杰斯"，不过车里很吵，他完全可以装作没听见。车到站后，他抓起梅·贝尔的手就往车外走，心里清楚她就跟在后面。不过莱斯莉没有再找他搭话,也没有尾随他,而是朝着帕金斯老宅径直跑去。杰斯忍不住回头看去。莱斯莉跑起来就好像奔跑刻在她的天性中,动作那么流畅,让他想起秋天迁徙的大雁。杰斯脑海中不由得浮现出"美"这个形容词,他慌忙甩掉这个念头,加快脚步往家赶。

第 4 章

特雷比西亚的王

由于开学日定在九月劳动节假期之后的星期二，所以第一周没那么长。这倒不失为一件好事，因为每一天都比前一天更糟糕。午休的时候，莱斯莉继续和男生们一起赛跑，而且每次都是她赢。到了星期五，已经有不少四、五年级的男生退出比赛，到操场边的斜坡玩占山为王的游戏去了，只剩下寥寥几名选手，根本没必要进行小组赛，因此也少了很多悬念。赛跑不再像以前那样有意思了，要怪就怪莱斯莉。

杰斯很清楚，他再也不可能成为四、五年级跑得最快的孩子了，唯一欣慰的是，盖瑞也没戏。在星期五的比赛中，当莱斯莉又一次遥遥领先的时候，每个人都心知肚明，赛跑的事就到此为止了。

还好今天是星期五，埃德蒙斯小姐回来了。午休一结束就是五年级的音乐课。今天早些时候，杰斯在楼道里碰到了埃德蒙斯小姐，她叫住他，特意问了句："这个暑假，你一直都在画画吗？"

"是的。"

"能让我看看吗？还是谁都不能看？"

杰斯拨了拨前额上汗湿的头发。"我回头带给你看。"

埃德蒙斯小姐微微一笑，露出整齐洁白的牙齿，乌黑闪亮的头发向后一甩，说道："太棒了！下午见。"

杰斯点点头，也冲她笑了笑，连他的脚指头都感到了融融的暖意。

现在，他坐在教师办公室的地毯上，聆听着她美妙的歌喉，浑身上下都流淌着那股熟悉的暖流。就连她正常说话的声音都那么饱满圆润、富有韵味，仿佛清泉般汩汩流出。

埃德蒙斯小姐拨弄了几下吉他，一边说着话一边上紧琴弦，腕上的手镯叮当作响，仿佛和弦般动听。她和以往一样穿着牛仔裤，盘腿坐在大家面前，完全没有老师的架子。她问了几个孩子暑假过得怎么样，他们小声地回了几句。埃德蒙斯小姐虽然没有和杰斯直接对话，但用蓝色的眼睛看了他一眼，杰斯的心弦立马被拨动起来。

埃德蒙斯小姐注意到了莱斯莉，问她是谁，另一个女生抢着替莱斯莉回答了。埃德蒙斯小姐冲莱斯莉笑了笑，莱斯莉也冲她笑了笑，自打星期二莱斯莉赢了比赛，这还是杰斯第一次看见她笑呢。"莱斯莉，你都喜欢唱什么歌？"

"啊，什么都喜欢。"

埃德蒙斯小姐弹奏了几个和弦，然后哼唱起大家熟悉的歌曲，声音比以往都要轻柔：

我看见一片土地，明亮而纯净，
时代的脚步正在靠近，
我们即将生活在这里，
手牵着手，有我有你……

大家开始跟着唱起来，起初和埃德蒙斯小姐一样，轻轻柔柔的，但随着旋律接近尾声，大家的声音也高亢起来，唱到最后一句"自在你我"时，他们的歌声简直响彻了整座校园。在这欢快的氛围中，杰斯转过头去，正好撞见莱斯莉的目光。他不由自主地冲她微微笑了一下。搞什么呀，他怎么就不能对她笑呢，他到底在害怕什么？老天，有些时候，他的胆子小得简直像黄腹啄木鸟。他点点头，又笑了笑。莱斯莉也冲他笑了笑。在这间教师办公室里，杰斯感到自己的人生翻开了新的篇章，而且是他主动争取来的。

杰斯改变了对莱斯莉的看法，而且这点无须明说，莱斯莉已经知道了。坐校车回家时，她坐到了杰斯身边，又往里挪过去一点，给梅·贝尔腾出位置。她跟杰斯讲起阿灵顿，讲起她以前上学的那所规模宏大的市郊学校，那里有一间很棒的音乐教室,不过没有一个老师像埃德蒙斯小姐那样又美丽又善良。

"你们学校有体育馆吗?"

"有啊。我以为所有学校都有,至少是大部分吧。"她叹了口气,"真挺让人怀念的,我体育特别好。"

"我猜你应该很讨厌这里吧。"

"嗯。"

莱斯莉陷入沉思。她一定在想念以前的学校吧,杰斯寻思着,眼前仿佛浮现出一座崭新明亮、令人目眩的体育馆,比镇高中里的那座还要气派。

"你在那边应该也有很多朋友吧。"

"嗯。"

"那你为什么要搬来这里?"

"我父母在重塑价值观。"

"什么?"

"他们觉得自己太执迷于金钱和成功,所以买下这个旧农场,一边垦荒劳作,一边思考生活的真谛。"

杰斯目瞪口呆地看着她。他知道自己很失态,可没辙,他从没听过这么荒谬的事。

"可遭殃的是你。"

"对。"

"他们怎么不替你考虑考虑?"

"我们聊过这件事,"莱斯莉耐心解释道,"我自己也想来。"她的目光越过杰斯望向窗外,"事情发生前,你永远不可能知道究竟会怎样。"

校车到站了,莱斯莉拉起梅·贝尔的手下了车,杰斯跟在后面。他怎么都想不通两个大人和一个像莱斯莉这么聪明的女孩为什么会想放弃市郊的舒适生活,搬到这么一个穷乡僻壤来。

他们目送校车呼啸着驶远。

"你知道,如今靠着农场已经没法过活了,"杰斯好不容易憋出一句,"我爸爸都得去华盛顿打工,不然钱根本不够用……"

"钱不是问题。"

"钱当然是问题。"

"我是说,"莱斯莉有些不好意思,"对我家不是问题。"

杰斯过了一分钟才明白过来。他还从来不认识一个"钱不是问题"的人。"哦。"他应了一声,提醒自己以后不再和莱斯莉谈钱的事。

不过,莱斯莉在云雀溪小学碰到了一件麻烦事,比缺不缺钱什么的引发了更大的骚动。是关于电视的问题。

事情的起因是这样的:迈尔斯夫人大声朗读了莱斯莉的一篇关于她的兴趣爱好的作文。这是班里每个人都要完成的作业。杰斯写的是橄榄球,虽然他其实对这项运动恨得牙痒痒，可他脑子至少还清楚，知道自己要是真写了画画，保准会被其他人笑死。大多数男生都信誓旦旦地表示，他们最热衷的是在电视上观看华盛顿红皮队的比赛。女生则分成两派：不在乎迈尔斯夫人评语的，都写自己喜欢收看电视有奖竞猜节目；像旺达·凯·摩尔那样目标全优的，则会说自己爱好读书。不过他们的作文都没被挑中，迈尔斯夫人只朗读了莱斯莉的作文。

"我之所以挑这篇作文出来朗读，有两个原因：第一，这篇文章的文笔非常优美；第二，里面写到的兴趣爱好很难得，尤其对于一个女孩来说。"迈尔斯夫人向莱斯莉露出一个开学日式微笑，莱斯莉则盯着自己的课桌。在云雀溪小学，被迈尔斯夫人点名表扬可没好下场。"这篇作文的题目是《水肺潜水》，作者：莱斯莉·伯克。"

迈尔斯夫人尖锐的嗓音将莱斯莉写的句子切割得零零碎碎，听上去有些滑稽，尽管如此，杰斯还是在文字力量的感召下和她一起潜入黑暗的水底。突然间，他感到几乎无法呼吸。如果你到了水下，氧气面罩里却灌满了水，一时间又浮不上去该怎么办？他呼吸急促，直冒冷汗，极力想要挣脱这种恐慌。这就是莱斯莉·伯克的兴趣爱好。水肺潜水这种体验，靠编是编不出来的。也就是说，莱斯莉不仅潜过好多次，而且对于没有空气、漆黑一团的深海世界，她也毫不畏惧。天哪，相比之下，他就是个胆小鬼。光是听迈尔斯夫人朗读文字，他怎么就已经浑身发抖了？他简直是个小屁孩，连乔伊斯·安都不如。爸爸还指望他成为男子汉呢。可现在，一个十岁不到的女孩描述了几句水下的场景就把他吓得魂飞魄散了。蠢，真蠢，简直蠢透了。

"我相信，"迈尔斯夫人总结道，"莱斯莉精彩的作文给我、给大家都留下了深刻的印象。"

何止深刻，老天，他差点没被淹死。

教室里一片骚动，夹杂着纸页翻动的哗哗声。"现在，我要给大家布置一篇家庭作业，"牢骚声、哀叹声四起。"相信你们都很期待。"接着是一片怀疑声、议论声。"今晚八点，七频道会播放一档特别节目，介绍著名的水下探险家雅克·库斯托。我希望各位同学准时收看，然后写一页纸的观后感。"

"整整一页吗？"

"对。"

"拼写算分吗？"

"盖瑞，拼写不是一直都算分的吗？"

"正反两面都要写？"

"一面就够了，旺达·凯。不过多写的话有加分。"

旺达·凯满意地笑了，看来这个书呆子已经打好了十页的草稿。

"迈尔斯夫人。"

"怎么了,莱斯莉?"老天,迈尔斯夫人再这么笑下去,脸上就该笑出裂纹了。

"要是看不了节目怎么办?"

"你就和父母说这是写作业要求的,相信他们不会反对的。"

"可要是……"莱斯莉有些吞吞吐吐的,然后她一甩头,清了清嗓子,声音也变得响亮了些,"要是家里没电视呢?"

天哪,莱斯莉,别说这个,你可以来我家看啊!杰斯心里十分焦急,可他已经没法挽回局面了。大家纷纷倒抽一口凉气,不可置信的表情渐渐变成咻咻的嘲笑。

迈尔斯夫人眼睛直眨。"这样啊,这样啊,"她的眼睛又眨巴了两下,看得出她也在想办法替莱斯莉打圆场,"嗯,那你就写别的内容吧,也是一页纸的篇幅。可以吗,莱斯莉?"为了化解难堪,她冲莱斯莉挤出一个微笑,但无济于事。"同学们!同学们!同学们!"她对莱斯莉的专属笑容骤然消失,眉头一皱,这才平息了骚动。

迈尔斯夫人将一沓印着算术题的作业纸发了下去。杰斯偷偷瞄了莱斯莉一眼,看到她把头埋在作业纸里,脸涨得通红。

到了午休,杰斯在玩占山为王的时候,远远看见莱斯莉被以旺达·凯为首的一群女生团团围住。虽然听不清她们说的话,但从莱斯莉故作强硬的昂然姿态中,他知道女生肯定在取笑她。这时，格雷格·威廉姆斯一把揪住了他，就在两人打闹时，莱斯莉不见了。老实说，这事也轮不到他来管，可他还是撒气似的用尽全力将格雷格往斜坡下一掼，然后也不知是冲谁喊了一句："走了。"

杰斯在女厕所对面等着。过了几分钟，莱斯莉出来了，一看就知道她刚哭过。

"喂，莱斯莉。"他轻声喊道。

"走开！"莱斯莉猛地一转身，朝另一头快步走去。杰斯扫了一眼办公室那儿的动静，追了上去。按理说，午休时间是不允许在楼道里活动的。"莱斯莉，你怎么了？"

"我怎么了你还不清楚吗？"

"嗯，"杰斯揉了揉头发，"其实你刚才不说出来就没事了。想看电视的话，你可以来我——"

莱斯莉掉头折返，没等杰斯追上她把话说完，她已经又钻进了女厕所，门一摔，差点砸在他脸上。杰斯赶紧溜出了教学楼，要是特纳校长发现自己在女厕所外逗留，没准儿会以为他是个偷窥狂什么的。

放学后，莱斯莉赶在他前面上了车，径直走到最后一排的角落里坐下，那里一向是七年级学生的座位。杰斯朝她使眼色提醒她坐到前面来，可她连看都不看一眼。杰斯都能看见准备上车的七年级学生了，几个身材壮硕丰满的霸道女生和骨瘦如柴、目中无人的浑小子。要是发现自己的地盘被占了,他们非杀了她不可。杰斯跳起来跑到最后一排,一把拽住莱斯莉的胳膊。"莱斯莉,你得回自己的座位上来。"

说话间,杰斯已经感觉到那些大孩子正沿着狭窄的走道,推推搡搡地靠近了。实际上,整个七年级最欺软怕硬的珍妮丝·埃弗里就站在他的身后。"让开,小子。"她说。

杰斯的心都快跳到嗓子眼儿了,可他还是挺直了腰板,说了一句:"来吧,莱斯莉。"然后强迫自己转过身,快速打量了珍妮丝·埃弗里一番:从她鬈曲的金发、紧绷的衬衫、阔腿牛仔裤,一直到硕大的球鞋。之后他咽了口唾沫,直直地盯着对方怒容满面的脸,用尽可能坚定的声音说道:"看样子,后面坐不下你和珍妮丝·埃弗里两个。"

有人跟着起哄。"你还是减减肥吧,珍妮丝!"

珍妮丝的眼睛里满是怒火,不过她还是挪出地方,让杰斯和莱斯莉回到他们平日的座位上去。

落座的时候,莱斯莉往后瞥了一眼,然后凑近说:"杰斯,她肯定饶不了你。天哪,她都要气疯了。"

莱斯莉关切的口吻让杰斯心里暖暖的,可他不敢回头看。"哈,你以为那头大蠢牛能吓到我?"

终于挨到了下车,杰斯悬着的心总算能放回肚子里了。校车开走的一刹那,他甚至还冲后排挥了挥手。

莱斯莉站在梅·贝尔身旁,冲他咧嘴一笑。

"那就再见啦。"杰斯愉快地说。

"你说,今天下午我们要不要找点事做做?"

"算我一个!我也想找点事做做。"梅·贝尔嚷嚷起来。

杰斯看了看莱斯莉,她的眼里写着否定。

"今天不行,梅·贝尔。我和莱斯莉要单独做点事。麻烦你把我的书先带回去,跟妈妈说我去伯克家了,行吗?"

"你们根本就没事做。你们连想都没想好。"

莱斯莉走到梅·贝尔身边,弯下腰,将手放在小姑娘瘦瘦的肩膀上。"梅·贝尔,你想要几个新的换装纸娃娃吗?"

梅·贝尔一脸狐疑地转了转眼睛。"哪种换装纸娃娃?"

"殖民时代的那种。"

梅·贝尔摇了摇头。"我想要漂亮的新娘或选美小姐。"

"你可以假装她们是纸娃娃新娘呀,她们有好多漂亮的长裙子呢。"

"那她们哪儿坏了?"

"哪儿都没坏,都是崭新的。"

"要是真有那么好,你干吗不要了?"

"等你到我这么大的时候,"莱斯莉轻轻叹了口气,"就不想再玩纸娃娃了。这些都是我外婆寄来的。你知道的,外婆总是把你当小宝宝。"

梅·贝尔的外婆还活着,住在佐治亚州,从没给她寄过东西。"你已经把娃娃都拆下来了?"

"没有,真的。而且所有衣服都可以直接抠出来,不需要用剪刀。"

能看出来梅·贝尔有些动摇了。"这样吧,"杰斯开口说,"你过去看一看,喜欢的话就带回家,顺便告诉妈妈一声,行吗?"

杰斯和莱斯莉目送梅·贝尔抱着新得的宝贝蹦蹦跳跳地消失在山坡那边后,才转过身朝帕金斯老宅后的那片田野跑去,一直跑到农场和树林的分界处。分界处是一条干涸的河道,河道边有一棵上了年纪的沙果树,上面系着一根长绳子,也不知道是谁忘在那儿的。

他们俩轮流抓住绳子在河床上荡来荡去。这是秋高气爽的一天,荡着绳子抬头看,仿佛有种飘在空中的感觉。杰斯将身体向后仰去,沉醉在天边绚烂而通透的色彩中。他仿佛一团慵懒的白云,在蓝天中来回飘荡。

"知道我们还缺什么吗?"莱斯莉冲他喊道。杰斯沉醉在天堂之中,根本想不出自己在这世间还有什么可缺的。

"我们还缺一个地方,"莱斯莉说,"一个只属于我们俩的地方。要绝对绝对保密,全世界一个人都不告诉。"杰斯荡了回来,双脚一撑,稳稳落了地。莱斯莉压低嗓门儿,近乎耳语地说,"没准儿是个神秘的国度,你和我就是掌管那里的王。"

莱斯莉的话令杰斯心旌荡漾，他很想掌管些什么，哪怕只是虚构的或想象的也好。"好，"他说，"你说的地方在哪儿呢？"

"就在那边的树林里，谁都不会发现，也不会来捣乱。"

树林里有些地方杰斯并不喜欢，那里黑暗阴冷，身处其中就像置身水底。不过他没说出口。

"我知道了！"莱斯莉兴奋地叫道，"那会是个像纳尼亚一样的奇幻王国，进入的唯一方式，就是抓住这根施了魔咒的绳子荡进去。"她的目光灼灼发亮，"来吧，"她抓住绳子说道，"让我们找个地方搭建我们的城堡。"

他们荡过河床，进入对面的树林，只走出几米远莱斯莉就停下了脚步。

"就这儿怎么样？"她问。

"好啊。"杰斯赶紧答应下来，暗暗松了口气，还好不用继续往里走了。当然了，非要走的话也不是不行，他的勇气可以支撑他再向前探索一段，深入这永不见天日的高耸松树林中。不过要选一个常来常往的永久据点，他觉得这里更好：山茱萸和紫荆点缀在橡树和冬青之间，仿佛捉迷藏似的，这儿一丛，那儿一丛；太阳透过树叶的隙缝洒下一道道金光，在他们脚边暖暖地荡漾着。

"好啊。"他又自言自语重复了一遍，起劲地点头。灌木丛都已经枯萎，清理起来应该很容易，地面也够平坦。"是个建城堡的好地方。"

莱斯莉将他们的秘密国度命名为"特雷比西亚",还把关于纳尼亚的书都借给了杰斯,让他了解奇幻王国是怎么一回事——该如何保护动物和树木,如何做一个国王或女王。后者对杰斯来说比较难办。莱斯莉说话时,措辞用语都那么优雅得体,完全就是女王风范,而他的语音语调都不标准,更不可能像国王一样出口成章。

不过,杰斯很会搭建东西。他们从奶牛场的杂物堆里拖来了木板和其他建筑材料,在选定的那片空地上筑起了属于自己的城堡。莱斯莉找来一只一升半的空咖啡罐,在里面塞满饼干和干果;又找来一只半升的小罐子放绳子和钉子。他们还找了五只空可乐瓶,洗干净后装满水,按照莱斯莉的说法,在围城时用于应急。

他们就像《圣经》里的上帝一样,看着自己的杰作,非常满意。

"你应该为我们画一幅特雷比西亚的画,挂在城堡里。"莱斯莉提议。

"我画不出来。"他该如何解释才能让莱斯莉明白,他是多么渴望能够触碰、捕捉到那种战栗和悸动,而每一次尝试下笔时,却只能眼睁睁看着它从指尖溜走,徒在纸上留下生硬的线条。"我总画不出树的韵味。"他最后说。

莱斯莉点点头。"没事,"她说,"总有一天会的。"

杰斯相信她的话，因为在城堡影影绰绰的微光下，一切都充满了可能。他们拥有了整个世界，任何敌人，包括盖瑞·富尔彻、旺达·凯·摩尔、珍妮丝·埃弗里，以及杰斯的恐惧和担忧，还有莱斯莉口中进攻特雷比西亚的假想敌，都不能将他们打败。

城堡建好几天后的一次放学途中，珍妮丝·埃弗里在校车上跌了一跤，非嚷嚷说是杰斯趁她经过时故意使的绊子。她不依不饶、胡搅蛮缠，校车司机普伦蒂斯夫人只好命令杰斯下车，他足足走了五公里才到家。

等杰斯终于赶到特雷比西亚的时候，莱斯莉正在城堡里读一本书。阳光从屋顶的一处隙缝洒进来，书的封面上，一头虎鲸正在袭击一只海豚。

"你在干吗？"杰斯走进去，坐在她身边。

"读书，我得找点事做，不然一想到那个女生就来气！"她的火气噌一下冒了上来。

"无所谓啦，我多走点路没什么。和珍妮丝·埃弗里其他的报复手段比，这算是轻的了。"

"这是原则问题，杰斯，你要明白这一点。你必须制止这种行为，不然这种人以后就会变本加厉、无法无天。"

杰斯凑过去，从她手里拿走那本关于鲸鱼的书，假装研究起封面上的血腥图片。"想到什么好点子了吗？"

"什么？"

"我还以为你从里面获得了灵感，想到办法治珍妮丝·埃弗里了呢。"

"才不是呢，傻瓜。这本书是讲拯救鲸鱼的，搞不好它们就要灭绝了。"

杰斯将书还给她。"所以你拯救鲸鱼，却攻击人类？"

莱斯莉终于被逗笑了。"差不多这个意思吧。对了，你听说过莫比·迪克的故事吗？"

"那是谁？"

"这个嘛，从前，有一头很大很大的白鲸，名叫莫比·迪克……"莱斯莉开始绘声绘色地讲起一头白色抹香鲸和一个想要捕杀它的疯子船长的精彩故事。杰斯的手指跃跃欲试，有一种想要把这故事画下来的冲动。要是有合适的颜料，没准儿还真能行。他会想到办法，让白鲸在漆黑的海面上泛着亮光的。

一开始，他们在学校里总避着对方，但到了十月，他们就不再遮掩彼此的友谊了。盖瑞·富尔彻和布兰达一样，很喜欢拿杰斯和他的"女朋友"开玩笑。但杰斯压根儿没放在心上。他知道，女朋友是那种会满操场追着你，想把你抓过来亲一口的女生。他实在想象不出莱斯莉会追着哪个男生跑，就像他无法想象双下巴的迈尔斯夫人会噌噌爬上旗杆一样。至于盖瑞·富尔彻，他爱讲什么讲什么，杰斯才懒得搭理他呢。

在学校里，自由活动的时间只有午间休息。现在赛跑已停了，杰斯和莱斯莉索性就在操场上找块安静的地方，坐着聊聊天。除了星期五下午那充满魔力的半小时，午休成了杰斯上学最大的期待。莱斯莉总能想出一些好玩的事，让漫长的一天变得不再难熬。在莱斯莉编造的那些令人捧腹的故事中，主角通常都是迈尔斯夫人。莱斯莉属于那种女生，她会安安静静地坐在课桌前，从不和别人交头接耳或发呆走神，也从不嚼口香糖，作业写得工工整整，可其实满脑子都在琢磨各种恶作剧。要是哪个老师能看穿她那副完美面具，保准会吓得把她扔出教室。

坐在教室里上课的时候，只要一想到莱斯莉天使面容下可能暗藏的小心思，杰斯就没法保持正襟危坐的样子。有次午休时，莱斯莉说自己花了一早上的工夫编了个故事，主角依然是迈尔斯夫人，场景设定在亚利桑那州的一家减肥训练营。根据她天马行空的想象，迈尔斯夫人贪吃得要命，总把糖果藏在奇奇怪怪的地方，甚至往热水龙头里塞！可每次都惨遭败露，在其他胖太太面前丢尽了脸。到了下午，杰斯的脑海中不断浮现出这样一幅画面：迈尔斯夫人只穿着一件粉红色束身衣，战战兢兢地上秤称体重，被瘦高个女主管一顿训斥："你又偷吃了吧，格西！"迈尔斯夫人的眼泪都快掉下来了。

"杰斯·亚伦斯!"老师尖厉的声音打断了他的白日梦。杰斯简直无法直视迈尔斯夫人的那张圆脸,怕自己会控制不住大笑起来。他死盯着迈尔斯夫人皱巴巴的裙摆,才勉强忍住了笑。

"到!"他得向莱斯莉好好学学。每次他开小差的时候,准能被迈尔斯夫人逮个正着,莱斯莉却从没被怀疑过不专心听讲。他朝莱斯莉那边偷瞄了一眼,看到她正全神贯注钻研着地理课本,或者说,在不知情的人看来还真是那么回事。

到了十一月,特雷比西亚冷了起来。他们不敢在城堡里生火,偶尔在城堡外生个火堆,围着取暖。有一阵子,莱斯莉还在城堡里放过两个睡袋,不过十二月初的时候,她爸爸发现家里的睡袋不见了,莱斯莉只好又还了回去。确切地说,是杰斯让她拿回去的,倒不是因为他害怕她的父母。伯克夫妇都很年轻,都有整齐洁白的牙齿和浓密的头发。莱斯莉直呼他们比尔和朱迪,让杰斯忍不住犯嘀咕。虽说莱斯莉怎么称呼自己父母不关他的事,可杰斯还是觉得别扭。

伯克夫妇都是作家。伯克夫人是写小说的,按照莱斯莉的说法,名气远超写政治评论的伯克先生。从他们陈列在书架上的著作来看，的确如此。在伯克夫人写的书封面上印着她的名字"朱迪·汉考克"，令人印象深刻，翻到封底，还可以看到她的照片，朝气勃勃，一脸严肃。伯克先生因为需要和其他人合作完成一本书，总是频繁往返华盛顿。不过他答应莱斯莉，等过完圣诞节，他一定留在家里，修修房子，种种花草，听听音乐，大声读读书，等空下来了再继续写作。

单论外表，他们并不符合杰斯心目中有钱人的形象。不过杰斯也看得出，他们穿的牛仔裤并不是纽贝里县商店卖的大路货。伯克家虽然没有电视，却有成堆的唱片和一台像是《星际迷航》电影里才有的那种音响设备。他们开一辆小小的、脏脏的汽车，但是意大利的牌子，看着也不便宜。

杰斯去做客的时候，伯克夫妇对他总是很热情，不过他们会突然讨论起法国政治或弦乐四重奏（杰斯起先还以为是用琴弦做的箱子什么的），要么就是如何拯救北美灰狼、红杉树或座头鲸。杰斯不敢插话，怕一开口就暴露了自己的无知。

莱斯莉来自己家做客的时候，杰斯也觉得别扭。乔伊斯·安就知道傻愣愣盯着看，食指钩着嘴角，口水流个不停。布兰达和艾丽总给莱斯莉贴上"女朋友"的标签。妈妈的表现也很拘谨，甚至还有点滑稽，和被老师叫去学校训话时一样。事后她还评价莱斯莉的衣服"不成体统",因为莱斯莉总穿裤子,连上学都不例外;说她的头发"比男孩还短",她的父母"比嬉皮士还夸张"。梅·贝尔非要掺和进他俩中间,不带她玩她又生闷气。爸爸只见过莱斯莉几次,点点头算是打过招呼,可妈妈很肯定地说爸爸正愁着呢,自己唯一的儿子就知道和女孩玩,他们俩都担心这样下去不知会怎样。

杰斯从不担心"这样下去不知会怎样"。长这么大以来,他还是头一回在每天清晨都有所期待。莱斯莉不仅仅是他的朋友,还是另一个自己,一个更精彩的自己,是一座通往特雷比西亚和其他广阔世界的桥梁。

特雷比西亚是属于他们两个人的秘密,幸好如此,不然杰斯要如何向外人解释呢?光是顺着下坡往树林那儿走,他就已经感到身体里涌过一股暖流。离干涸的河床和系着绳子的沙果树越近,他的心就跳得越快。他满怀狂热的喜悦,抓住绳子一头向对岸荡去,然后双脚轻轻落地。置身于这片神秘的国度中,他仿佛变得更加高大、更加强壮,也更加有智慧了。

除了作为大本营的城堡外,莱斯莉最喜欢的就是那片松树林。树顶浓密厚实,连阳光都难以透入。由于缺乏光照,低矮的灌木和草叶无法生长,地上密密匝匝铺满了金黄色的松针。

第 5 章

猎杀巨人

莱斯莉喜欢编故事,特别是巨人侵犯特雷比西亚的故事。不过她和杰斯都清楚,生活中真正的巨人是珍妮丝·埃弗里。当然了,珍妮丝欺负的对象不光是杰斯和莱斯莉。她有两个朋友,威尔玛·迪恩和波碧·苏·亨肖,块头都和她差不多大。她们三个在操场上横行霸道,抢走其他孩子跳房子用的石头,在别人跳绳时在长绳间乱冲乱撞,把二年级的孩子吓得惊声尖叫时哈哈大笑。每天一大早,她们就站在女厕所外面,逼着低年级的女生交出买牛奶的钱,才放她们进去。

　　不幸的是,梅·贝尔这孩子总是不长记性。那天爸爸给她买了一盒顿奇牌奶油夹心蛋糕,她得意极了,一上校车就忘乎所以,冲另一个一年级的孩子大声嚷嚷:"比利·吉恩,猜我今天午饭带了什么?"

　　"什么?"

"顿奇牌奶油夹心蛋糕！"她那大嗓门儿就连坐在最后一排耳聋的都能听见。杰斯用余光瞥见珍妮丝·埃弗里似乎也竖起了耳朵。

等坐到座位上，伴着发动机的轰鸣声，梅·贝尔还在炫耀自己的奶油夹心蛋糕。"爸爸从华盛顿给我买的！"

杰斯又朝后排瞄了一眼，然后凑到梅·贝尔耳边说："我看你省省吧，别提什么蛋糕了。"

"你这是嫉妒！因为爸爸什么都没给你买。"

"好吧。"杰斯隔着她冲莱斯莉耸耸肩，那意思是：我提醒过她了，对吧？莱斯莉点点头作为回应。

所以午休时看到梅·贝尔哭喊着跑过来，他们俩并不怎么惊讶。

"她偷走了我的奶油夹心蛋糕！"

杰斯叹了口气。"梅·贝尔，我怎么和你说的？"

"你得帮我干掉珍妮丝·埃弗里。干掉她！干掉她！干掉她！"

"嘘。"莱斯莉边说边摸了摸梅·贝尔的头。可梅·贝尔不想要安慰，只想要报仇。

"你去把她打成稀巴烂！"

杰斯宁愿和哥斯拉女魔头打一架。"梅·贝尔，打架解决不了问题。珍妮丝·埃弗里吃掉的那几块奶油夹心蛋糕，现在都长到她的屁股上去了。"

莱斯莉忍不住笑起来。可梅·贝尔却丝毫不为所动。"杰斯·亚伦斯,你这个胆小鬼!有人抢了你妹妹的奶油夹心蛋糕,你都不敢去揍她一顿。"说着她又号啕大哭起来。

杰斯僵在原地,努力闪躲开莱斯莉的目光。唉,现在他无路可逃了,不和女金刚打一架看来是说不过去了。

"听着,梅·贝尔,"莱斯莉开口说道,"要是杰斯真的去找珍妮丝·埃弗里打架,结果怎样你应该很清楚吧。"

梅·贝尔用手背擦了擦鼻子。"珍妮丝会把他打趴下。"

"不,和女生打架的话,他会被开除的。你知道的,特纳校长最讨厌男生招惹女生。"

"可她偷了我的奶油夹心蛋糕。"

"我知道,梅·贝尔。杰斯和我会想办法让她付出代价的。是吧,杰斯?"

杰斯赶紧点点头。只要不让他和珍妮丝·埃弗里打架,干什么都行。

"你们打算怎么办?"

"还不知道。我们得好好计划一下,不过我向你保证,梅·贝尔,我们一定会要她好看。"

"那你在胸前画叉发誓!"

莱斯莉在胸前画叉发了誓。梅·贝尔满怀期待地转向杰斯,杰斯也只好照做。他觉得自己活像个傻瓜,居然站在操场中央向一个一年级的小丫头片子发誓。

梅·贝尔还在呼哧呼哧地喘粗气。"不管做什么都不如打她个稀巴烂解气。"

"对,"莱斯莉说,"打她个稀巴烂肯定更解气。可是学校里的规矩都是特纳校长定的,我们也只能做到这个份儿上了。对吧,杰斯?"

"对。"

那天下午,他们窝在特雷比西亚的城堡里,开了一个战略会议。他们要解决的难题是,怎么能好好整一整珍妮丝·埃弗里,又不挨她的揍,也不被学校开除。

他俩一致否决了在校车座位上倒蜂蜜,或者在护手霜里挤胶水的恶作剧。接着莱斯莉又想到一个点子:"没准儿在她干坏事的时候我们能逮个正着。你知道吧,她会躲在女厕所里抽烟。下次趁她抽得正欢,我们就把特纳校长叫过来——"

杰斯不抱希望地摇了摇头。"顶多五分钟,她就能揪出是谁告的密。"一想到珍妮丝·埃弗里会怎样对付向校长告密的人,他俩陷入了一阵沉默。"无论干什么,都不能让她发现是我们捣的鬼。"

"嗯。"莱斯莉边嚼杏脯边说,"你知道珍妮丝这种女生最讨厌什么吗?"

"什么?"

"在大家面前出洋相。"

杰斯想起那天在校车上珍妮丝遭大家嘲笑时的窘态，莱斯莉说得没错。八字总算有了一撇。"对。"他点点头，脸上露出了笑容，"就这么干。还是利用她的肥胖？"

"要么，"莱斯莉不紧不慢地开了口，"利用绯闻？她暗恋谁？"

"威拉德·休斯，我敢打包票。只要是七年级的女生，见到他就和丢了魂似的。"

"很好。"莱斯莉眼前一亮，顿时有了主意，"这样，我们写张字条，假装是威拉德写给她的。"

杰斯迫不及待地从罐子做的笔筒里拿出一支铅笔，又从石头下面抽出一张草稿纸，统统递给莱斯莉。

"不，你来写。我的字太工整了，一看就不像是威拉德·休斯写的。"

杰斯准备就绪，等候指令。

"好。"莱斯莉说，"嗯，就写'亲爱的珍妮丝'，不，'最最亲爱的珍妮丝'……"

杰斯迟疑着，犹豫不决。

"相信我杰斯，她会买账的，就这样写，'最最亲爱的珍妮丝'。标点符号什么的就别管了，得让她真的以为是威拉德·休斯写的。好，接下来，'最最亲爱的珍妮丝，你可能不会相信，但我真的爱你'。"

"你觉得她会……"杰斯一边写一边问道。

"都说了,她会买账的,在这种事情上珍妮丝·埃弗里这种女生都会盲目自信。好,接下来是:'要是你说你不爱我,就会伤透我的心,所以请别这么说。要是你爱我和我爱你一样多,亲爱的——'"

"等等,我写不了那么快。"

莱斯莉停了下来。等杰斯抬起头时,她用一种梦呓般的口吻说:"'今天下午放学后,来学校后面找我。别担心赶不上校车,我想陪你走回家,说说我俩的事',把'我俩'写大点,'亲爱的,爱你,飞吻,威拉德·休斯'。"

"飞吻?"

"对,飞吻。后面再加个'亲亲'。"她顿了顿,目光越过他的肩膀,等他写完后说,"哦对另起一行,写'另外'。"

杰斯照着做了。

"嗯……'别告诉其他人,一个人都别说。暂时就让我们的爱情成为一个秘密,只有我俩知道'。"

"干吗要加这句?"

"傻瓜,这样一来她肯定会告诉其他人。"莱斯莉读了一遍字条,赞许地点点头。"很好,你的'相信'和'知道'都写错了。"她又看了一分钟,"啊哈,我这方面还真挺在行的。"

"那可不,没准儿你在阿灵顿的时候就有过一段轰轰烈烈的秘密爱情呢。"

"杰斯·亚伦斯，小心我要了你的小命！"

"喂，小丫头，你敢要特雷比西亚国王的命，你可有大麻烦了。"

"那叫弑君。"莱斯莉得意地说。

"试什么？"

"我和你讲过哈姆雷特的故事吗？"

杰斯往地上一躺。"还没。"他的心情顿时好了起来，天知道他有多爱听莱斯莉讲故事。等他画得足够出色时，一定让莱斯莉把这些故事都写成书，自己来画插画。

"故事是这样的，"她开始了，"很久很久以前，在丹麦有一位王子，名叫哈姆雷特……"

随着莱斯莉的讲述，杰斯在脑海里描绘出一座阴森的城堡，饱受折磨的王子在城墙上来回踱着步子。要怎么画出雾中冒出的幽灵呢？蜡笔肯定是不行的，要是有水彩颜料的话，可以先刷一层颜色，然后再盖上薄薄一层，这样就仿佛能看见一个苍白的身影正从纸面深处飘忽而出了。杰斯不由得颤抖起来。他知道，只要能借到莱斯莉的颜料，自己一定能画得出。

针对珍妮丝·埃弗里的报复计划中，最棘手的部分就是放字条。第二天一早打第一遍铃之前，他们俩就溜进了教学楼。莱斯莉走在前面,和杰斯隔开好几米远,这样万一被逮着了两人也不会被认为是一伙的。要是发现男生女生在楼道里鬼鬼祟祟,特纳校长绝对不会手下留情。莱斯莉来到七年级教室门口,向里面瞄了几眼,然后示意杰斯赶紧过来。天哪,他紧张得汗毛直竖。

"哪个座位是她的?"

"我以为你知道呢。"

杰斯摇了摇头。

"那就只能挨个找一遍了。快点,我在这里替你望风。"莱斯莉轻手轻脚地掩上门,留杰斯一个人在教室里。杰斯一边留心不弄乱课桌,一边小心翼翼地东翻西找。可他笨手笨脚的,手抖得连书都拿不稳,更别说看上面的名字了。

突然,他听见了莱斯莉的声音。"啊,皮尔斯夫人,我正在这儿等您呢。"

不是吧!七年级的老师就在外面的楼道里,正朝教室走来。杰斯僵在原地,隔着门,他完全听不见皮尔斯夫人对莱斯莉说了什么。

"是的,夫人。教学楼南侧有个鸟巢很有意思,听说——"莱斯莉提高了嗓门儿,"您对自然科学懂得很多,不知道您能不能抽出几分钟时间和我一起过去看看,给我讲讲筑巢的是哪种鸟。"

然后是一阵含混的回答声。

"啊，谢谢您，皮尔斯夫人！"莱斯莉简直是在尖叫了，"不会耽误您太长时间的，我简直太荣幸了！"

一听到她们离开的脚步声，杰斯立刻在剩下的课桌间飞奔起来。太好了，他找到一个作文本，上面正写着珍妮丝·埃弗里的名字。他将字条塞进桌肚，放在书本最上面，然后冲出教室钻进男厕所，找了个隔间躲起来，直到上课铃响才回到自己的教室。

午休时，珍妮丝·埃弗里、威尔玛和波碧·苏三个人凑在一起，窃窃私语了好一阵子。接着，她们一改往日做派，没有去欺负低年级的女生，而是手挽手去看高年级男生打橄榄球了。她们伫经过杰斯和莱斯莉身边时，杰斯瞄见珍妮丝的脸泛着绯红，难掩骄傲和得意之情。他冲莱斯莉使了个眼色，莱斯莉也回了他个眼色。

那天下午，校车就快要开了，七年级的男生比利·莫里斯大声提醒普伦蒂斯夫人，珍妮丝·埃弗里还没上车。

"没事的，普伦蒂斯夫人，"威尔玛·迪恩回了一句，"珍妮丝今天下午不坐校车。"然后她故作神秘地大声说，"我猜你们大家都知道了吧，珍妮丝和那个谁有个重要约会。"

"谁？"比利·莫里斯问。

"就是威拉德·休斯嘛。他爱她爱得如痴如狂，还要陪她一路走回家呢。"

"是吗？威拉德·休斯刚上了304路公交，就坐在最后

73

一排。你说的重要约会,他好像压根儿不知道啊。"

"比利·莫里斯,你胡说!"

比利大声反击了一句,整个后排座位陷入了火热的讨论之中:珍妮丝·埃弗里和威拉德·休斯究竟是不是在谈恋爱?两个人有没有偷偷见面?

下车的时候,比利冲威尔玛吼了一句:"我看你最好提醒珍妮丝一句,要是威拉德知道她把谣言传得满天飞,非气疯了不可!"

威尔玛的脸涨得通红,冲窗外嚷嚷道:"好啊,你个蠢货!你去和威拉德说啊!等着瞧吧,你可以问问他那封信是怎么回事!等着瞧!"

"唉,可怜的珍妮丝·埃弗里。"进入城堡后,杰斯说了一句。

"可怜?瞧她干过的好事,活该!"

"话是这么说,"杰斯叹了口气,"可是——"

莱斯莉有些受打击。"你该不会后悔了吧?"

"那倒没有。我知道这也是没办法的办法,可是——"

"可是什么?"

杰斯咧嘴笑了。"可能我对珍妮丝的感觉和你对虎鲸的感觉差不多吧。"

莱斯莉在他肩上捶了一下。"我们出去找巨人、僵尸什么的痛痛快快打上一架吧!我不想再听珍妮丝·埃弗里的事了。"

第二天早上,珍妮丝·埃弗里脚步咚咚地上了车,用眼神警告每一个人,谁都别想说一个字。莱斯莉轻轻捅了捅梅·贝尔。

梅·贝尔眼睛瞪得溜圆。"是你们——"

"嘘,是的。"

梅·贝尔把身子整个扭过去,盯着后排的座位,然后又转回来戳了戳杰斯。"是你们把她气疯的?"

杰斯不动声色,轻到不能再轻地点了点头。

"那封信是我们写的,"莱斯莉悄声说,"但你绝对不能说出去,不然她会杀了我们的。"

"我知道,"梅·贝尔的眼睛里闪着光,"我知道。"

第 6 章

特里恩王子的到来

距离圣诞节还有差不多一个月，杰斯的姐妹们已经开始惦记了。今年，已经上高中的艾丽和布兰达都交了男朋友，关于她们要送男朋友什么礼物，男朋友又会送她们什么礼物，两个人猜来猜去，吵得不可开交。至于为什么争吵，还是因为家里穷嘛。妈妈抱怨说，假扮圣诞老人给两个妹妹买礼物都要抠抠搜搜的，哪儿还有多余的钱给她见都没见过的男孩买唱片专辑或衬衫。

"杰斯，你送你女朋友什么礼物？"布兰达故意挤眉弄眼地问。杰斯懒得搭理她，他正在读一本从莱斯莉那儿借来的书。对他来说，神谕猪看管者的冒险历程可比布兰达的揶揄重要多了。

"布兰达，你不知道吗？"艾丽插了进来，"杰斯根本就没有女朋友。"

"嗯，这回你可算说对了。但凡脑子正常点，谁会把那根麻秆当成女孩。"说出"女孩"两个字时，布兰达把脸凑到杰斯面前，咧开涂着口红的大嘴巴。一团炽热的怒火在杰斯身体里瞬间膨胀开来。要不是他赶紧跳下椅子走掉，估计早就一拳揍上去了。

后来，他也琢磨过自己为何如此生气。当然了，一部分原因是布兰达这么蠢的人居然好意思取笑莱斯莉。老天，一想到布兰达是自己的亲姐姐，而在外人看来莱斯莉和他没有半点关系，他就觉得伤心。杰斯心想，没准儿自己就是故事中那种捡来的孩子，在河道里还涨满水的很久以前，他被放在涂了松脂的柳条篮子里顺水漂下，然后被爸爸看见，带回了家，因为爸爸一直都想要个儿子，可家里净是傻丫头。也许杰斯的亲生父母和哥哥姐姐住在很远很远的地方，比西弗吉尼亚州，甚至比俄亥俄州还要远。原来的那个家里有好几间书房，里面摆满了书，全家人还沉浸在丢失孩子的悲伤之中。

他将思绪拉回来，继续找寻愤怒的源头。他生气的另一个原因是，圣诞节就快要到了，他还不知道给莱斯莉送什么。莱斯莉倒没有盼着什么贵重的礼物，只是他觉得应该要表示一下，就像饿了吃、困了睡那么理所当然。

他想过把自己画的画订成册子送给她，甚至还从学校偷拿了蜡笔和画纸。可他怎么画都不满意，每次画到最后，就会乱涂掉未完成的作品，然后扔进炉灶里烧掉。

到了放假前最后一周，他都快绝望了，想找人帮忙出出主意吧，又找不到人。爸爸告诉他会给他五块钱，若是按每人一块钱的标准来给大家买礼物，就算再克扣再俭省，剩下的钱也不够给莱斯莉买一件像样的礼物了。再说了，梅·贝尔看中了芭比娃娃，他也答应过会和艾丽、布兰达一起凑份子给她买一个。可随着芭比娃娃的涨价，要满足梅·贝尔的愿望他还得从其他预算里挪一点过来。今年他也该给梅·贝尔买个好点的礼物，他和莱斯莉玩的时候总不带她，所以她总是闷闷不乐，可是和梅·贝尔这种小丫头又很难解释清楚。她干吗不去找乔伊斯·安玩呢？总不能指望杰斯一直哄她开心吧。算了算了，给她买个芭比娃娃也不过分。

这样一来就不剩什么钱了。动手做一个吧，他一时半会儿又做不出来。莱斯莉不像布兰达或艾丽，无论他送什么，她都不会取笑他。只是他自己觉得必须送一份拿得出手的礼物。

要是有钱的话，他就给她买一台电视机，买那种日本产的迷你电视，她可以放在自己的房间里看，不会打扰到朱迪和比尔。他们那么有钱，却不买电视机，感觉挺没道理的。莱斯莉又不会像布兰达那样，张着嘴、像金鱼一样瞪着眼，一看就是几个小时。但无论是谁都会有想看电视的时候吧。至少如果有电视的话，她在学校就少了一个被议论的笑柄。不过当然了，他根本买不起电视机，还想这么多干吗，真傻。

唉，他就是傻。杰斯坐在校车上，沮丧地向窗外望去。很难想象莱斯莉这种女孩居然愿意和自己混在一起，因为她也没的选吧，但凡她在这破学校里能找到另一个人……突然，他脑袋里某个角落咔嗒了一下，留意到一块牌子在车外一闪而过——他也太傻了，傻到差点错过。杰斯跳起来，从莱斯莉和梅·贝尔身前挤了出去。

"一会儿见。"他咕哝了一句，然后迈过一条条横七竖八的腿，朝车头赶去。

"普伦蒂斯夫人，能在这儿停一下吗？拜托了。"

"你还没到站呢。"

"我得帮妈妈跑个腿。"杰斯撒了个谎。

"别给我惹麻烦就行。"普伦蒂斯夫人踩下刹车。

"保证不会，谢谢您。"

车还没停稳，杰斯已经飞奔下去，转身朝那块牌子跑去。

牌子上写着：小狗。免费认领。

平安夜那天下午，杰斯约了莱斯莉在城堡见面。家里其他人都去米尔斯堡购物广场抢打折商品去了，只有他和小狗留了下来。那是一只棕黑色的小狗，有一双棕色的大眼睛。杰斯从布兰达的抽屉里偷拿了根丝带，把小狗紧紧搂在怀里,急急忙忙穿过空地往山坡下面赶。还没赶到河床那儿,小狗就已经把他的脸舔了个遍,还在他的外套上撒了泡尿,可杰斯一点也不生气。他把小狗牢牢夹在胳膊下面,动作尽量轻柔地荡过了河床。其实走过去也是可以的,而且还更轻松,可他总觉得进入特雷比西亚王国必须按照既定的方式,他不想让小狗坏了规矩,万一因此招来噩运呢?

到达城堡后,他刚将丝带绕在小狗的脖子上,小狗就挣脱了出来,把丝带两头咬得稀巴烂,惹得他哈哈大笑。真是个聪明活泼的小家伙,杰斯看着这份礼物,满心骄傲。

莱斯莉眼中闪烁着确定无疑的喜悦。她双膝跪在冰冷的地上,捧起小狗,举到自己脸旁。

"当心啊,"杰斯提醒她,"它撒起尿来比喷水枪还厉害。"

莱斯莉稍稍将它抱远了些。"它是公的还是母的?"

难得有一次机会杰斯可以教莱斯莉点什么了。"是个男生。"他高兴地说。

"那我们就叫它特里恩王子,将它任命为特雷比西亚王国的守卫。"

莱斯莉放下小狗,站起身来。

"你要去哪儿?"

"去松树林。"莱斯莉答道,"现在就是极度快乐的时刻。"

那天下午,莱斯莉也送了杰斯礼物:一盒二十四色水彩颜料，三支绘画笔刷和一沓厚厚的美术纸。

"天哪，谢谢。"杰斯说，他想找个更好的方式表达谢意，可实在找不到，"谢谢。"他只能又说了一遍。

"虽然不如你送的礼物好，"莱斯莉谦虚地说，"但希望你能喜欢。"

杰斯想要告诉她，这话让他感到多么自豪和满足，可他找不到合适的词语来形容。今天实在太过美好，以至于圣诞节剩下的时间已经不再重要。"哦，我当然喜欢。"说完他跪在地上，冲着特里恩王子汪汪直叫。小狗欢快地吠叫着，绕着他直打转。

莱斯莉哈哈大笑起来。这下杰斯可来了劲，小狗做什么，他就学什么，最后他干脆躺倒在地，舌头伸得老长。莱斯莉笑得都快说不出话来了。"你、你也太疯了。这样它还怎么成为一名威严的守卫？都快被你教成小丑了。"

"汪，汪！"特里恩王子一边叫，一边翻了个白眼。杰斯和莱斯莉笑得肚子都疼了，根本直不起腰。

"我看，"莱斯莉最后说，"还是让它当个宫廷小丑算了。"

"那它的名字怎么办？"

"哦，就用这个名字好了。就算是王子——"莱斯莉用最富特雷比西亚气质的嗓音说道，"就算是王子，也可能是个傻瓜。"

那天下午的兴奋和激动一直伴随杰斯到了晚上，就连姐妹们围绕何时拆礼物的吵吵闹闹都没影响到他的好心情。他帮梅·贝尔把礼物一小份一小份包好，还带着她和乔伊斯·安一起唱了《圣诞老人进城来》的歌。然后乔伊斯·安哭了，因为她认为家里没有壁炉，圣诞老人找不到进来的路。杰斯突然感到一阵心酸，乔伊斯·安在米尔斯堡购物广场看到了那么多好东西，满心盼望着一个穿红衣服的老爷爷会满足自己的所有愿望。六岁的梅·贝尔就聪明多了，她只想要那个傻乎乎的芭比娃娃，幸而杰斯没有吝啬那点份子钱。虽然杰斯只送给乔伊斯·安一枚发卡，可她才不知道是怎么回事呢，要怪就去怪圣诞老人吧。

他略显僵硬地伸出胳膊，把乔伊斯·安搂在怀里。"好了，乔伊斯·安，别哭了。圣诞老人认识路，不需要烟囱也进得来。对吧，梅·贝尔？"梅·贝尔瞪大眼睛严肃地看着他。杰斯越过乔伊斯·安冲梅·贝尔眨眨眼给她暗示，让她终于说了句软话。

"是啊，乔伊斯·安，圣诞老人认识路。什么都难不倒圣诞老人。"梅·贝尔鼓起右边的腮帮子，努力回给杰斯一个眨眼，却失败了。真是个善良的孩子，杰斯真心喜欢这个妹妹。

第二天上午，他帮梅·贝尔给芭比娃娃换衣服，穿穿脱脱了不下三十次。对于六岁的梅·贝尔来说，把窄窄的裙子从娃娃头上套过去，穿过胳膊，再把小小的按扣摁紧，实在是太考验她胖嘟嘟的手指了。

杰斯得到了一套玩具赛车,虽然不是电视广告里那种大型豪华套装,可也是电动的。而且他知道,买这套赛车已经超出了爸爸的预算。他努力想要玩转起来,好让爸爸开心。可那辆小破车一上弯道就翻车,爸爸终于看不下去,骂骂咧咧起来。杰斯多希望它能争口气。他希望爸爸也能为送出的礼物而骄傲,就像他送出小狗时那样。

"它真的很厉害,真的,就是我还没掌握技巧。"杰斯涨红了脸,趴在"8"字形塑料轨道旁边,不停用手拨开额前的碎发。

"便宜没好货。"爸爸踹了脚地板,差点没踢到塑料轨道,"这年头,钱真不禁花。"

乔伊斯·安躺在小床上大哭大叫,因为原本会讲话的娃娃肚子里的一根线被她扯了出来,现在不会讲话了。布兰达噘着嘴,因为艾丽在装礼物的圣诞袜里找到了一双连裤袜,而她自己只找到一双短袜。艾丽也不是什么省油的灯,她穿着连裤袜到处显摆,又是切火腿,又是煮红薯,跑前跑后地帮妈妈张罗晚餐。天哪,艾丽讨厌起来简直和旺达·凯·摩尔有一拼。

"小杰斯·奥利弗·亚伦斯,你那破汽车摆弄够了没有?要是你能去挤个牛奶,我就谢天谢地了。你放假了,贝西小姐可不放假。"

杰斯腾一下从地板上跳起来，总算有个借口摆脱那些塑料轨道了，反正他再怎么努力也没法让爸爸满意。妈妈似乎没注意到他的积极回应，还在发着牢骚："要是没有艾丽，这日子简直没法过。除了她，你们这些孩子没一个关心我的死活。"艾丽一脸假笑，先是看了看杰斯，又转头看了看布兰达。布兰达狠狠瞪了她一眼。

莱斯莉肯定一直在留意他们家这边的动静，杰斯一穿过院子，她就从帕金斯老宅跑了出来。小狗绕着她脚边打转，跌跌撞撞地跟了过来。

他们在贝西小姐的牛棚里碰了头。"我还以为你今天上午不出来了呢。"

"唉，是啊，圣诞节嘛。"

特里恩王子对着贝西小姐的蹄子又是啃又是咬，惹得贝西小姐直跺脚。莱斯莉把它抱起来，好让杰斯挤奶。小狗一边扭，一边舔，弄得莱斯莉都没法好好说话。莱斯莉咯咯直笑，宠溺地说了句："小傻狗。"

"就是。"杰斯又找回了圣诞节的感觉。

第 7 章

金色的房间

伯克先生已经开始着手装修帕金斯老宅。圣诞节之后，伯克夫人因为书写到一半，腾不出手来帮忙，杂七杂八的活于是落在了莱斯莉肩上。伯克先生的聪明才智似乎全都用在了政治评论和音乐鉴赏上面，干起活来丢三落四的。往往活干到一半，他会突然放下锤子埋头翻看使用手册，看着看着又忘了锤子放在哪儿，也忘了自己到底要干吗。莱斯莉擅长帮他找东西，他也喜欢有莱斯莉陪在身边。只要莱斯莉放了学，或是到了周末，伯克先生都希望她待在家里。莱斯莉把这些告诉了杰斯。

杰斯试过一个人去特雷比西亚，可那没什么意思，只有莱斯莉在的时候，那里才充满了魔法。显然，魔法不愿降临在他身上，他也害怕自己非要召唤出魔法的话，说不定会把一切都搞砸。

回家的话，要么就是被妈妈催着做家务，要么就是被梅·贝尔缠着玩芭比娃娃。唉，他已经后悔了一百万次，不该凑份子去买那个傻娃娃。他只想趴在地上安安静静画会儿画，可梅·贝尔偏要来烦他，不是让他把娃娃的胳膊安回去，就是给娃娃穿裙子。乔伊斯·安更讨厌，会趁他专心画画的时候跑过来故意往他屁股上一坐，要是冲她吼，赶她下去，她就会把食指伸进嘴角，开始大吵大闹。最后的结果当然就是惹得妈妈火冒三丈。

"杰斯·奥利弗！不许招惹你妹妹。还有，你趴在地板中间干吗，我不是让你去劈柴火吗，你想让我拿什么生火做饭？"

有的时候，他会偷偷溜去帕金斯老宅，遇见被伯克先生撵出来的特里恩王子在门廊上呜呜叫唤。倒不是伯克先生狠心，是这小家伙一见人就挠来挠去，扑上去舔你的脸，换谁都没法好好干活。杰斯会带特里恩王子去伯克家上面的草地上遛个弯。天气晴朗的时候，贝西小姐会隔着栅栏往这边看，不安地哞哞直叫，它似乎还没适应这个活蹦乱跳的小家伙的存在，又或者是因为季节问题——迟迟不走的冬天实在令人扫兴，人和动物都高兴不起来。

只有莱斯莉例外。她对于修理那幢破破烂烂的老房子充满了热情，也很高兴能帮上爸爸的忙。不过该干活的时候，有一半时间他俩都在聊天。午休的时候，她兴致勃勃地告诉杰斯她正在学习"理解"自己的爸爸。杰斯从没想过父母也需要被理解，那感觉很不可思议，就像是放在米尔斯堡第一国民银行里的保险箱求着自己去打开一样。父母就是父母，他们的心思轮不到孩子去解读。而一个成年人想和自己的孩子交朋友，也让人觉得怪怪的，他应该去交年龄相仿的朋友，让小孩去交小孩的朋友。

莱斯莉的爸爸让杰斯总觉得别扭，就像嘴巴里长了口腔溃疡，你总会时不时碰到它，每碰一次，它就变得更糟糕一点。你好不容易控制住牙齿不去碰它，坚持了好长时间，结果一到圣诞节，你把这破事忘得一干二净，一口下去正好咬在上面。唉，他可真碍事，就连杰斯和莱斯莉可以在一起的美好时光都被毁了。午休的时候，莱斯莉和杰斯坐在一起叽叽喳喳说个不停，就像过去那样，可是冷不丁地她会冒出一句"比尔这么说，比尔那么说"，咔，正中旧伤。

后来，莱斯莉总算意识到了，那时已经是二月了。对于莱斯莉这么聪明的女生来说，这已经算是很长很长的时间了。

"你为什么不喜欢比尔？"

"谁说我不喜欢了？"

"杰斯·亚伦斯。你当我是傻子吗？"

是够傻的，有些时候。他心里这么想，嘴上说的却是："你凭什么说我不喜欢他？"

"因为你再也不来我家了。一开始我还以为是我做错了什么，可也不像，你在学校还是和我说话的。有好几次我都看见你带着特里恩王子在草地上玩，可你一步都不往我家门口挪。"

"你们总在忙。"话一出口，他才尴尬地意识到自己的口吻像极了布兰达。

"这话多见外！你可以来帮忙的呀。"

杰斯豁然开朗，就好像大停电后所有的灯光一刹那亮起。瞧瞧吧，谁才是傻瓜？

话虽这么说，他还是花了好些天才适应了和莱斯莉的爸爸打交道。其中一个原因是他不知道该如何称呼对方。"你好，"他开口道，莱斯莉和她爸爸闻声同时转过身，"呃，伯克先生？"

"你好，杰斯，叫我比尔就好。"

"好的。"他适应了好几天，不过叫多了也就习惯了。杰斯发现，虽然比尔读了那么多书，那么有学问，可他也有不懂的东西，而自己恰好能帮上忙。杰斯庆幸自己还是挺能派上用场的，不像特里恩王子，只会添乱，只能被撵到门廊上。

"你真厉害。"比尔会这么说，"杰斯，你都是打哪儿学会这些的？"杰斯也答不上来，只好耸耸肩膀，由着比尔和莱斯莉对他大加赞赏，虽说他们让他帮忙干活本身已经是种犒赏。

首先，他们像采矿者勘探矿脉一样将盖住老古董壁炉的木板撬开，露出里面老旧的砖块。接着，他们把客厅里的旧墙纸全都铲掉——不同花色的足足贴了五层。有时候，他们一边修修补补、涂涂抹抹，一边听比尔的唱片，或者干脆自己唱，莱斯莉和杰斯把从埃德蒙斯小姐那儿学来的歌教给比尔，比尔则把自己会唱的歌教给他们。有些时候，他们会聊天，比尔对世界上正在发生的事的解释，令杰斯耳目一新。要是妈妈听见了比尔的言论，保证不会再叫他嬉皮士，而会改称为沃尔特·克朗凯特第二，那个知名的电视新闻节目主持人。伯克家的人都很聪明，这种聪明或许并不体现在小修小补、种花种草方面，却能让杰斯感慨原来现实生活中真有这样有智慧的人。好比说有一天，大家都在干活，朱迪走进来为他们朗读，绝大多数是诗歌，有几首还是意大利语的。杰斯当然不可能听得懂，但他完全沉浸在那丰沛饱满的朗诵声之中，任由自己陶醉在伯克家温暖而睿智的氛围里。

他们把客厅粉刷成了金色。莱斯莉和杰斯本想刷成蓝色，可比尔坚持选择了金色，最后出来的效果十分亮眼，让莱斯莉和杰斯心悦诚服。黄昏时分，阳光从西边斜斜地洒进来，整间屋子盈满了光。

最后，比尔从米尔斯堡购物广场租来一台砂磨机，把宽宽的橡木地板上的黑色地板漆磨掉，全部打磨了一遍。

"不铺地毯。"比尔说。

"对,"朱迪附和道,"不然就像给蒙娜丽莎蒙了层面纱。"

比尔和两个孩子刮掉窗户上最后一点油漆,擦干净窗户,然后把朱迪从楼上的书房叫下来。四个人坐在地板上,环视四周。一切都太棒了。

莱斯莉满意地深深舒了口气。"我喜欢这个房间。"她说,"你们不觉得,它有种金色的魔力吗?感觉就像——"杰斯警觉地猛然抬起头,"在一座宫殿里。"他松了口气。在这种气氛下,人难免会一不留神吐露了秘密。可她没有,连对比尔和朱迪都守口如瓶。而他知道,莱斯莉和父母一向无话不谈。她显然看出了他的不安,从比尔和朱迪身后探出脑袋,朝他眨了眨眼,就像他越过乔伊斯·安冲梅·贝尔眨眼一样。特雷比西亚仍然只属于他们两个。

第二天下午,他们俩带上特里恩王子朝特雷比西亚走去。距离上次他们俩一起去那儿已经过去了一个多月。快要走到河床的时候,他们不由得放慢了脚步,杰斯不确定自己是否还记得当国王的感觉。

"我们一走就是好多年,"莱斯莉小声说道,"你说,我们不在的时候这座王国都经历了什么呢?"

"我们去哪儿了?"

"我们一路北上,去边境抵御凶残敌人的进攻了。"莱斯莉答道,"通信线路遭到了破坏,一连好几个月,我们挚爱的故土杳无音信。"听听这口吻，俨然就是女王风范。杰斯真希望自己也能说得这么得体优雅。"你是说，发生了什么不好的事？"

"我们必须勇敢面对，我的国王，的确有这种可能。"

他们默默荡过了河床。

莱斯莉从岸边捡起两根树枝。"您的剑，陛下。"她一边低声说，一边递给杰斯一根。

杰斯点点头。他们学着电视里警探的模样，猫着腰，蹑手蹑脚地向城堡前进。

"我的女王！当心后面！"

莱斯莉一个转身，和假想的敌人格斗起来。随着更多的敌人扑向他们，战斗的喧嚣响彻特雷比西亚王国上空。王国的守卫小狗欢快地追着自己的尾巴，它还太年轻，不明白自己身处怎样的险境。

"听起来他们要撤退了！"勇敢的女王高呼道。

"耶！"

"把他们彻底赶出去，让他们再也不敢侵犯我们的子民。"

"滚远点！出去！出去！"他们一直把敌人逼退到河床边，两个人汗流浃背，冬衣都湿透了。

"我们胜利了，特雷比西亚重获自由！"

国王一屁股坐在木桩上，擦了擦脸上的汗水，可女王并没给他太多喘歇的时间。"我的国王,我们必须即刻前往松树林,为胜利表达感谢之情。"

杰斯跟随她进了松树林,两个人静静站在幽暗的光线之中。

"我们要感谢谁?"他小声问。

这个问题让她脸上掠过一丝犹豫。"感谢上帝吧,"她说,她对宗教可没对魔法那么在行,"感谢松之灵。"

"我们得胜,乃是靠你的右手,你的膀臂。"杰斯记不得打哪儿听来的这句话,不过感觉用在这儿挺合适。莱斯莉向他投去赞许的一瞥。

然后她接过话头。"请将庇护赐予特雷比西亚王国,赐予此地所有子民,赐予掌管这片土地的国王和女王。"

"汪汪汪。"

杰斯强忍住笑。"还有,赐予这只小狗。"

"赐予特里恩王子,王国的忠诚守卫兼小丑。阿门。"

"阿门。"

他们俩努力憋住笑,直到走出这片神圣的土地。

在成功击退了进攻特雷比西亚的敌人后不久,杰斯和莱斯莉在学校里遭遇了另一个挑战。午休的时候,莱斯莉告诉杰斯,自己刚走进女厕所就听见某个隔间里传出了哭声。她压低了嗓门儿说:"说出来你可能不信,不过就凭那双鞋,我敢肯定里面就是珍妮丝·埃弗里。"

"开什么玩笑。"杰斯实在想象不出那画面,珍妮丝·埃弗里会坐在厕所马桶上哭?

"你说,全校除了她还有谁会把威拉德·休斯的名字写在运动鞋上?还有,那儿的烟味能呛死人,我都恨不得戴上防毒面具。"

"你确定她在哭吗?"

"杰斯·业伦斯,别人是不是在哭我还是能听出来的。"

唉,他这是怎么了?珍妮丝·埃弗里净找他的碴儿,可现在他却觉得应该做点什么帮她,就像伯克一家对待北美灰狼和搁浅的鲸那样。"纸条事件之后,就连那些孩子当面用威拉德挤对她,她都没哭。"

"嗯,我知道。"

杰斯看了看莱斯莉。"那你说,"他开了口,"我们该怎么办?"

"怎么办?"莱斯莉反问,"你什么意思?"

他该如何向她解释呢?"莱斯莉,就算她伤害过别人,我们也应该帮帮她。"

莱斯莉向他投来意味深长的一瞥。

"你看,是你一直和我说要多多关心别人的。"杰斯说。

"可那是珍妮丝·埃弗里啊!"

"事情肯定很严重,不然她不会哭的。"

"好吧，那你打算怎么办？"

"我又不能进女厕所。"杰斯闹了个大红脸。

"哈，我明白了，你是想把我送入虎口啊。谢谢你，亚伦斯先生。不必了。"

"莱斯莉，我发誓，能去的话我肯定去。"杰斯也真是这么想的，"莱斯莉，你不会是怕她吧？"他倒不是故意要激她，只是想到莱斯莉也会害怕，他一时有些发愣。

莱斯莉扫了他一眼，以她一贯的潇洒姿态把头一昂。"行，我去。但我必须让你知道，杰斯·亚伦斯，这是你这辈子出过的最蠢的主意。"

杰斯轻悄悄地跟着莱斯莉进了楼道，躲在距离女厕所最近的角落，寻思着万一莱斯莉被珍妮丝一脚踹出来，至少他还能接着。

莱斯莉走进女厕所，带上门。里面安静了片刻。接着他听见莱斯莉对珍妮丝说了些什么，然后是一连串的骂声，隔着门都能震得耳朵嗡嗡响。再然后就是清晰的啜泣声——谢天谢地不是莱斯莉的，说话声和啜泣声夹杂在一起，随后响起上课的铃声。

要是被人发现自己正盯着女厕所的门，他就完蛋了。可这个节骨眼儿上，他怎么能走呢？杰斯急得像热锅上的蚂蚁。眼见着大家潮水般向教学楼涌来，他也只好听天由命，跟着人流往楼下走，脑子里仍然嗡嗡回响着咒骂声和啜泣声。

回到五年级的教室后,杰斯的目光牢牢盯着门口。他有些担心莱斯莉会像《哔哔鸟与歪心狼》里的歪心狼一样被直挺挺地抬进来,可她微笑着走了进来,也没有被揍得鼻青脸肿。她轻快地走到迈尔斯夫人面前,小声解释着迟到的原因。迈尔斯夫人和颜悦色地看着她,众所周知,这是"莱斯莉·伯克专属待遇"。

他要怎么才能知道究竟发生了什么事?传纸条的话,其他同学会看到的。莱斯莉坐在教室最前面的角落里,周围连个废纸篓或卷笔刀都没有,所以他也没法走过去假装扔废纸或削铅笔,趁机和她说两句话。莱斯莉也丝毫没有过来的意思。她腰杆笔直地坐在座位上,一脸得意,就好像自己是一名刚从十四辆卡车顶部飞越而过的摩托车手。

莱斯莉一整个下午都面带笑容。坐校车回家时,珍妮丝·埃弗里朝后排走经过她的时候,冲她微微一笑。莱斯莉朝杰斯瞥了一眼,好像在说"瞧见没!",可把杰斯急得够呛。直到下车,她还在吊他胃口。她指了指梅·贝尔的脑袋,似乎在说:"这事不能当小孩子的面讨论。"

最后,在城堡里令人心安的昏暗之中,她总算告诉了他事情的原委。

"你知道她为什么哭吗?"

"我怎么知道?拜托,莱斯莉,别兜圈子了行吗?你们到底说了些什么？"

"你发现了吗，珍妮丝·埃弗里真的蛮惨的。"

"老天，你就直说吧，她到底在哭什么？"

"情况比较复杂。现在我明白了，珍妮丝和人打交道的时候为什么会有这么多问题。"

"我都要疯了，能告诉我到底发生了什么吗？"

"你知道她爸爸打她吗？"

"好多孩子都挨爸爸的打。然后呢？"

"不，我是说真打，那种打法在阿灵顿是要坐牢的。"她难以置信地摇了摇头，"你都想不到……"

"她就为这个哭？就因为她爸爸打她？"

"哦，不是的。她挨打又不是一天两天的事，才不会因为这个在学校哭呢。"

"那她哭什么？"

"这个嘛——"天哪，莱斯莉就喜欢来这一招，让他干着急，"今天她特别气不过，就把爸爸打她的事告诉了她所谓的朋友威尔玛和波碧·苏。"

"然后呢？"

"然后那两个……两个……"莱斯莉想要找个准确的词来形容珍妮丝·埃弗里朋友的卑劣，可没找到，"那两个女生把这事传遍了七年级。"

杰斯为珍妮丝·埃弗里感到一阵同情。

"连老师都知道了。"

"真要命。"杰斯叹了口气。特纳校长在云雀溪小学立下了若干不成文的规矩,最重要的一条就是:永远不要把家里的麻烦事扯到学校里来。父母贫穷愚昧也好,奸诈狡猾也罢,哪怕固执到就是不想买电视,孩子也有责任保护他们的隐私。到了明天,云雀溪小学的学生和老师都会幸灾乐祸地议论珍妮丝·埃弗里的爸爸,哪怕他们自己的爸爸在住院或是蹲监狱——反正背叛爸爸的不是他们,而是珍妮丝。

"你知道我们还说了什么吗?"

"什么?"

"我告诉了珍妮丝因为我家没有电视被同学嘲笑的事。我告诉她,我知道被当作怪胎是什么感受。"

"她怎么说?"

"她知道我说的是真的,还把我当成知心姐姐那样,问我该怎么办。"

"那你怎么说的?"

"我告诉她,关于威尔玛和波碧·苏说了什么,又是打哪儿听来的小道消息,你就装不知道。不到一个星期,大家就全忘了。"莱斯莉往前凑了凑,突然有些焦虑,"你觉得这是个好主意吗?"

"拜托,我怎么会知道?那她心情好点了吗?"

"应该吧,反正看起来好多了。"

"那就是个很不错的主意。"

莱斯莉坐了回去,一脸轻松愉悦。"杰斯,你知道吗?"

"什么?"

"我要多谢你才是。这下我在云雀溪小学有了一个半朋友。"

原来朋友对莱斯莉这么重要,杰斯感到一阵心酸。什么时候她才会明白,那些人根本不值得她烦恼呢?"哦,你的朋友比这多多了。"

"不,就一个半。咆哮怪迈尔斯不算。"

此时此刻在他们的秘密据点,杰斯的心情就好像炉灶上煮沸的汤,咕嘟咕嘟翻涌着,既为莱斯莉的孤单而难过,同时又洋溢着满满的喜悦。在这个世界上,他能够成为莱斯莉一个半朋友里的那一个,而她也是他唯一的朋友,他还有什么不知足的呢。

那天晚上,因为怕吵醒两个妹妹,杰斯没开灯,摸着黑上了床,结果梅·贝尔轻轻喊了声"杰斯",把他吓了一跳。

"你怎么还没睡?"

"杰斯,我知道你和莱斯莉躲去了哪儿。"

"什么意思?"

"我跟踪你们了。"

他一个箭步冲到她床边。"你不许跟!"

"为什么？"她不服气地回嘴。

杰斯抓住她的肩膀，让她直视自己。梅·贝尔像只受惊的小鸡，在一团昏黑中眨巴着眼睛。

"梅·贝尔·亚伦斯，你给我听清楚了，"杰斯压抑着怒火低声说道，"你再敢跟一次，被我逮到的话，你的小命就难保了！"

"好啦好啦。"梅·贝尔缩回被窝里，"真是的，瞧你凶的，我真该去妈妈那儿告你的状。"

"听好了，梅·贝尔，你不许去。我和莱斯莉去了哪儿，你绝不许告诉妈妈。"

梅·贝尔抽了抽鼻子，算是答应。

杰斯又抓住她的肩膀，几近绝望地说："我是说真的，梅·贝尔。这件事一个人都不许告诉！"他放开了她，"从现在开始，再不许你跟着我，也不许你向妈妈打小报告，听到了没有？"

"凭什么？"

"就凭——你要是说出去，我就告诉比利·吉恩·爱德华兹，你现在还尿床。"

"你敢！"

"小丫头，你敢我就敢。"

杰斯让她对着《圣经》发了誓：不说一个字，也不再跟着他。不过，他还是在床上翻来覆去睡不着。对他来说这么重要的事，怎么能信一个六岁小丫头的赌咒发誓呢？有时候，他觉得生活脆弱得就像一棵蒲公英，随便打哪儿来的一阵风就能把它吹得支离破碎。

第 8 章

复活节

虽说就快到复活节了,可还是没暖和到贝西小姐能在外过夜的程度。而且还下雨。整个三月,雨就没停过。这么多年来,干涸的河床头一次涨满了水,而且不是涓涓细流,是滚滚洪流,杰斯他们荡过河床的时候都不敢往下看。杰斯每次都将特里恩王子揣在衣服里,可小狗长得太快,随时都可能崩开拉链,掉进河里。

因为去教堂的服装问题,艾丽和布兰达吵得不可开交。三年前,妈妈冲牧师发了好大一通火,从此以后,亚伦斯一家就只在复活节才去教堂了。所以,复活节可是个大日子。虽然妈妈总是哭穷,可是为了保证全家不丢脸,她还是会花上大把的心思,攒出足够的钱来梳妆打扮。今年,她已经打算好带全家人去米尔斯堡购物广场添置新衣,可就在临行前一天,爸爸提早从华盛顿回来了——他被炒了鱿鱼。今年的新衣服算是泡汤了。

艾丽和布兰达顿时哀号起来，就好像拉响了两只火警警报器。"别指望我会去教堂，"布兰达说，"你瞧瞧，我都没衣服穿了。"

"那是因为你太胖了。"梅·贝尔嘟囔了一句。

"妈妈，你听到她说什么了吗？我要宰了这丫头！"

"布兰达，你能消停点吗？"妈妈厉声说道，接着换上疲惫的口吻，"复活节的衣服算什么，要操心的事还多着呢。"

爸爸咣当一声站起身，拿起炉灶上的咖啡壶，给自己倒了杯黑咖啡。

"我们干吗不免费试穿？"艾丽使出软磨硬泡的功夫。

布兰达插嘴道："你知道有些人是怎么做的吗？他们假装买下来，穿完以后再退回去，随便找个理由，不合身之类的，店员根本不会找他们麻烦。"

爸爸几乎是咆哮着吼道："我这辈子就没听说过这种荒唐事。你妈都说了消停点，你没听见吗？"

布兰达不吭声了，但还是吧嗒吧嗒嚼着口香糖，发出很大动静，证明她压根儿没打算消停。

杰斯很庆幸自己能躲进牛棚，有温顺的贝西小姐陪着。这时，外面传来了敲门声。"杰斯？"

"莱斯莉，进来吧。"

莱斯莉先是看了看，然后靠着他的板凳就地坐下。"有什么新鲜事吗？"

"唉,别提了。"杰斯一下一下挤压着贝西小姐的奶头,听着牛奶喷在桶里的吱吱声。

"有那么糟糕?"

"我爸被炒鱿鱼了,布兰达和艾丽复活节没新衣服穿了,她俩简直气炸了。"

"天哪,真遗憾,我是说你爸的事。"

杰斯咧嘴笑了。"是啊,我也不替那两个姐姐担心。认识她们的人都知道,她俩总能想法子搞来新衣服。要是看到她们在教堂里丢人现眼的样子,你准保会把隔夜饭都吐出来。"

"我都不知道你们还去教堂。"

"就复活节去。"他专注在贝西小姐温热的奶头上,"你应该觉得挺傻的吧。"

莱斯莉沉默了一分钟,然后答道:"我觉得还挺想去的。"

杰斯停下了挤奶的动作。"莱斯莉,有时候我真搞不懂你。"

"真的,我从没去过教堂。对我来说,这会是一个全新的体验。"

杰斯继续手头的活。"你会嫌烦的。"

"为什么?"

"因为很无聊。"

"这样啊,我倒是想亲自去看看。你说,你父母会答应带我一起去吗？"

"去教堂的话，你不能穿裤装。"

"杰斯·亚伦斯，我也有裙子啊。"

莱斯莉还有多少惊喜是他不知道的？

"过来，"他说，"张大嘴巴。"

"干吗？"

"嘴巴张大就是。"

这一回她乖乖照做了。杰斯手一挤，一股牛奶直接喷进她嘴里。

"杰斯·亚伦斯！"她一开口，牛奶就顺着下巴流了下来，吐字也含混不清。

"现在别张嘴，别浪费了上好的牛奶。"

莱斯莉咯咯笑起来，呛得直咳嗽。

"要是我打棒球也有这种准头就好了。让我再试一次。"

莱斯莉忍住笑，闭上眼睛，一本正经地张大了嘴巴。

现在换杰斯咯咯笑了，笑得手直抖。

"你个笨蛋！牛奶都喷我耳朵上了！"莱斯莉用运动衫袖子擦了擦耳朵，然后又咯咯笑起来。

"要是你能抓紧挤完奶回家来，我会谢天谢地的。"爸爸说这话的时候就站在门口。

"我看我先走好了。"莱斯莉小声说，然后站起身朝门口走去，"不好意思。"杰斯的爸爸往旁边挪了挪，给她让出一条道。杰斯本指望爸爸会再说点什么，可他只是在那儿站了一会儿，然后转身离开了。

艾丽说，如果妈妈同意她穿那件透明衬衫的话，她就同意去教堂。布兰达说至少得给她买件新短裙她才肯去。结果到最后，除了杰斯和爸爸，家里每个人都买了新衣服。买不买衣服的杰斯倒无所谓，他只是觉得没准儿能抓住这次机会和妈妈讨价还价。

"看在我没买新衣服的分上，能让莱斯莉和我们一起去教堂吗？"

"那姑娘？"不用看都知道，妈妈一准在脑子里搜刮拒绝的理由呢，"她穿得太不像话。"

"妈妈！"杰斯学着艾丽的口吻继续争取，"莱斯莉有裙子，好几百条呢。"

妈妈那张瘦削的脸沉了下来，她咬着下唇的边缘，像乔伊斯·安有时会做的那样，用几不可闻的声音说："我不想别人对我们家说三道四。"

杰斯真想伸出双臂抱住她，就像他安慰梅·贝尔时那样。"妈妈，她从来不对别人说三道四。真的。"

妈妈叹了口气。"好吧，如果她能穿得得体一些……"

莱斯莉的穿着非常得体。她的头发柔顺发亮，小碎花衬衫外面套着一条海军蓝的背带裙，下面是一双红色的长筒袜，搭配着锃亮的棕色皮鞋。这双鞋杰斯还是头一次看见，在云雀溪小学上学的时候，莱斯莉都和别的孩子一样穿运动鞋。不只穿着，她的表现也很得体，她收敛起平时飞扬的神采，和杰斯的妈妈说话时也都说"是的，夫人"或者"不是，夫人"，似乎很明白亚伦斯夫人有很强的自尊。杰斯知道，莱斯莉一定下了不少功夫，毕竟她平时是从不说"夫人"的。

相比于莱斯莉，布兰达和艾丽就像是两只插着假尾羽的孔雀。她俩非要和爸妈一起坐在皮卡前面的驾驶室里，考虑到布兰达的体形，这实在是够挤的。莱斯莉、杰斯，还有杰斯的两个妹妹则高高兴兴地爬进皮卡的后斗，坐在爸爸放在后面的旧麻袋上。

阳光虽然算不上灿烂，可下了这么多天的雨后，这还是第一次放晴。他们唱着埃德蒙斯小姐教的歌《主啊，多么美好的早晨》《啊，可爱的青草地》和《唱吧！唱首歌》，还给乔伊斯·安唱了《铃儿响叮当》。微风带着他们的歌声飘向远方，为旋律增添了一抹神秘的色彩，看着不断倒退的层峦叠嶂的群山，杰斯感觉身体里充满了力量。前往教堂的这段路实在太短了，乔伊斯·安尤其不满意。唱完《铃儿响叮当》后，杰斯和莱斯莉又唱起她最爱听的《圣诞老人进城来》，结果第一段刚起了个头就到地方了，歌被生生掐断了。乔伊斯·安哭了两声，又被杰斯挠痒痒给逗笑了。他们四个从车尾爬下来的时候都乐呵呵的,脸蛋也红扑扑的。

他们到得稍微有些迟,艾丽和布兰达对此求之不得,这意味着她们可以穿过整条走道,坐到第一排去,会吸引教堂里所有人的目光,收获艳羡的表情和嫉妒的眼神。老天,她们真倒胃口,妈妈居然还担心莱斯莉会丢人。杰斯缩了缩肩膀,等女士们都坐定后,才和爸爸一前一后溜进了教堂。

教堂里还是老一套,杰斯像在学校上课时一样开起了小差。他跟随其他信众的节奏起立、坐下,可思绪早已游荡到不知哪里去了,虽然不一定在思考或者幻想,但至少自由自在、无拘无束。

有那么一两次,他意识到自己站在那里,周围充斥着高亢却不够和谐的歌唱声。恍惚间,他听见莱斯莉也在跟着唱,不禁好奇她干吗要费这个劲。

牧师的嗓音刁钻古怪,他会嗡嗡嗡嗡说上一段,让你放松下来,然后突然啊的一声冲你尖叫起来,每次都把杰斯吓一大跳,要花好几分钟才能再次平静下来。牧师具体讲了些什么,他一个字都没听进去。牧师憋红了脸、汗如雨下,和教堂的沉闷气氛格格不入的样子,让他联想起布兰达因为乔伊斯·安动了她的口红而大发雷霆的场景。

艾丽和布兰达要从第一排慢慢挪出教堂,这可得花上好一阵子。杰斯和莱斯莉先走了出来,将两个妹妹安顿好,他们自己也坐进皮卡的后斗耐心等着。

"天，我真是来对了。"

杰斯不可置信地转过身，看着莱斯莉。

"比电影还精彩。"

"你开玩笑吧。"

"不，我说真的。"她的确没开玩笑，杰斯从她脸上就看得出来。"关于耶稣的故事太有意思了，你不觉得吗？"

"什么意思？"

"他没有伤害任何人，可那些人总想杀他。"莱斯莉犹豫了一下，"这是个美好的故事，就像亚伯拉罕·林肯、苏格拉底，还有纳尼亚的狮王阿斯兰的故事那样。"

"一点也不美好，"梅·贝尔插嘴进来，"很可怕！在别人手上钉钉子。"

"梅·贝尔说得对。"杰斯搜肠刮肚想出一句，"因为人人生来有罪，所以上帝让耶稣受苦而死。"

"你相信这是真的？"

杰斯一脸讶异。"莱斯莉，这可是《圣经》上说的。"

莱斯莉看着他，似乎想要争辩些什么，可又改了主意。"挺荒谬的，是吧？"她摇了摇头，"你们必须信，可又不喜欢；我不用信，却觉得很美好。"她又摇了摇头，"挺荒谬的。"

梅·贝尔的眉眼皱成一团，好像莱斯莉是动物园里的某种奇怪生物。"莱斯莉，你应该相信《圣经》。"

"为什么？"莱斯莉倒不是故意抬杠，她是真心实意在发问。

"因为，如果你不相信《圣经》的话，"梅·贝尔的眼睛瞪得老大，"等你死了以后，上帝会让你下地狱的。"

"她是打哪儿听来的这种说法？"莱斯莉转向杰斯，仿佛在控诉他对妹妹犯下了某种不可饶恕的错误。被她这么一问，杰斯顿时觉得脸上火辣辣的。

他低下头盯着麻袋，用手拨弄着磨旧的毛边。

"就是这样的，对吧，杰斯？"梅·贝尔尖着嗓子要他表态，"要是不相信《圣经》，死后不就会下地狱吗？"

杰斯将头发从脸上拨开，嘟囔了一句："我猜是吧。"

"我不相信，"莱斯莉说，"我都不觉得你读过《圣经》。"

"我大部分都读过。"杰斯的手指仍然在拨弄麻袋，"这差不多是我家唯一的书。"他抬头看着莱斯莉，勉强笑了笑。

莱斯莉也笑了。"好吧，"她说，"可我还是觉得，上帝是不会随便让人下地狱的。"

他俩相视一笑，努力忽略梅·贝尔稚嫩而焦虑的声音。"可是莱斯莉，"她还在不死心地说着，"你要是死了呢？你死了以后会怎么样？"

第 9 章

邪恶的诅咒

复活节后的星期一，雨又大了起来，老天爷好像存心要毁掉这短短一周的自由。杰斯和莱斯莉盘腿坐在伯克家的门廊上，看着驶过的一辆辆卡车溅起层层泥浆。

"这儿限速八十八公里，它们肯定超了。"杰斯嘟囔着。

就在这时，有什么东西从一辆车的车窗里飞了出来。莱斯莉一下子跳起来。"乱扔垃圾！"她冲着已经消失的汽车尾灯喊了一句。

杰斯也跟着站了起来。"你打算去干吗？"

"我想去特雷比西亚。"莱斯莉一脸阴沉地看着外面的倾盆大雨。

"哦，那就去呗。"杰斯说。

"好啊。"莱斯莉的脸色突然明亮起来，"为什么不呢？"

她套上雨靴，穿上雨衣，犹豫着打不打伞。"你说撑着伞的话，能荡过去吗？"

杰斯摇了摇头。"恐怕不行。"

"我们从你家绕一下,拿一下你的雨靴雨具什么的。"

杰斯耸耸肩。"我家没有那些玩意儿。我就这样去。"

"那我给你找件比尔的旧外套。"莱斯莉顺着楼梯往上走,在走廊里遇见了朱迪。

"你俩在忙什么呢?"杰斯的妈妈也会这么问,不过语气截然不同。朱迪说话的时候,眼神有些飘忽,声音听着就好像来自数公里外的广播。

"我们不是故意吵到你的,朱迪。"

"没事,我正好没什么灵感,还不如歇一歇。你们吃过午饭了吗?"

"别担心,朱迪,我们自己可以弄吃的。"

朱迪的目光聚焦在莱斯莉的脚上。"你穿了雨靴。"

莱斯莉低头看了看。"哦,对,"她说这话的口吻就好像自己也才刚意识到一样,"我们打算出去走走。"

"外面又下雨了吗?"

"对。"

"我以前也喜欢在雨中漫步,"朱迪微微一笑,让杰斯想起睡梦中的梅·贝尔脸上浮现的那种微笑,"嗯,要是你们两个自己可以的话……"

"当然。"

"比尔回来了吗?"

"没有。他说他今天会晚回家,让我们别担心。"

"好吧。"她说,紧接着冷不丁冒出一声尖叫,眼睛瞪得滚圆,"啊!"她几乎是跑回了自己的房间,然后传来打字机噼里啪啦的声响。

莱斯莉笑了起来。"她的灵感来了。"

杰斯很好奇,有这样一个妈妈会是怎样的体验,她的脑子里装满了故事,而不是成天围着电视转。他跟着莱斯莉上了楼,看着她从衣帽间往外拖东西。莱斯莉递给他一件米白色的雨衣,还有一顶怪里怪气的黑羊毛小圆帽。

"没找到雨靴。"莱斯莉钻在衣帽间里,声音透过一排外套闷闷地传了出来,"要不来双大块头?"

"来双什么?"

莱斯莉从两件外套中间探出脑袋。"钉鞋。钉鞋。"她递了出来,看样子像是四十六码的。

"算了吧,泥地里肯定不跟脚。我光脚好了。"

"嘿,那我也光脚。"她爽快地说。

地上很冷,冰凉的泥浆打到腿上激起些微刺痛,他们干脆跑了起来,踩过一片片小水洼和泥地。特里恩王子跑在前面,像一尾鱼儿似的,在一汪汪棕色的海洋间跳跃,时不时兜回来咬咬他们的脚后跟,催促他们继续前进,往他们早已湿透的牛仔裤上甩了更多泥点。

他们来到河岸边,停下了脚步。眼前是一片蔚为壮观的景象,就好像电视上放映的电影《十诫》里的场景:水涌入摩西开辟的道路,横扫埃及的土地。干涸已久的河床如今变成一片两米半宽的咆哮之海,挟裹着大量的树枝、木块和垃圾,仿佛成批的埃及战车席卷其中,打着旋儿地撞来撞去。河水贪婪地舔舐着河岸,时不时蹿上来,令人望而却步。

"我的天哪。"莱斯莉的声音里充满了敬畏。

"嗯。"杰斯抬头看了看绳子,它还缠在沙果树的枝头。杰斯感到胃里一阵翻腾。"要不今天还是算了吧。"

"来吧,杰斯,能行的。"莱斯莉的雨帽滑落下来,头发湿湿地贴着前额。她用手抹了抹脸颊和睫毛上的雨水,抓牢绳子,又腾出左手解开雨衣胸前的纽扣。"来,"她说,"帮忙把特里恩王子塞我这儿来。"

"莱斯莉,把它交给我吧。"

"就你那雨衣,兜都兜不住。"

见她等不及,杰斯只得一把抄起湿漉漉的小狗,屁股冲下往她雨衣和身体间的空隙里一塞。

"记住,荡过去的时候,要一手托住它的屁股,一手抓绳子。"

"知道啦,知道啦。"莱斯莉往后退了几步,做好助跑准备。

"千万要抓牢。"

"杰斯，别啰唆。"

杰斯闭上了嘴。他还很想闭上眼睛，可还是强迫自己看着她先向后退了几步，然后朝河岸冲刺，一跃而起，荡向半空，接着往下一跳，双脚稳稳落在河岸对面。

"接住！"

杰斯伸出手，可他只顾盯着莱斯莉和特里恩王子，绳子滑过他的指尖，远远地划出一道弧线。他连忙跳起来，一把抓住绳子，努力忽略滔滔水声和翻涌激流的干扰，向后跑了几步，又向前冲去。河水激起冰凉的水花，击打着他赤裸的脚后跟。他腾空荡了过去，一屁股跌坐在地。特里恩王子立刻扑进他怀里，在他米白色的雨衣上印满泥爪印，粉红色的舌头在他湿漉漉的脸上一顿乱舔。

莱斯莉的眼睛里闪着光。"请起身，"她好不容易才憋住笑说，"请起身，特雷比西亚的国王，让我们进入我们的王国。"

特雷比西亚的国王吸了吸鼻子，又用手背擦了擦脸。"我这就起身。"杰斯故作严肃地说，"请先把这只傻狗从我身上挪走。"

星期二和星期三，他们接连又去了两次。像是天被捅漏了一样，雨一直下个不停。到了星期三，河水已经涨到了沙果树的树干，要想荡到特雷比西亚那边，他们必须蹚着没过脚踝的水助跑。荡到对岸时，杰斯分外小心地落地。

就算在一个神奇的国度,裤子湿透、瑟瑟发抖地坐上一个小时,也不是什么好玩的事。

对杰斯来说,荡过河的恐惧随着水位的升高不断加剧。但莱斯莉似乎从未迟疑,所以杰斯也不能退缩。可即使硬着头皮跟了上去,他的内心仍然畏缩不前。他多想像乔伊斯·安拽住妈妈的裙角那样,紧紧抱着沙果树不撒手啊。

星期三他们坐在特雷比西亚城堡里的时候,突然下起一阵瓢泼大雨,一股股冰冷的水流顺着顶棚的缝隙浇灌进来。这些可恶的入侵者!杰斯拼尽全力想要躲避开来,可还是无处可逃。

"我的国王,你知道我是怎么想的吗?"莱斯莉拿过一只咖啡罐倒空,接在最迅猛的水流下面。

"怎么想?"

"我在想,我们挚爱的王国一定是遭到了某种邪恶力量的诅咒。"

"该死的气象局。"他说。在昏暗的光线下,他看见莱斯莉的神情凝重起来,透着女王的威严。在面对劲敌入侵时,她常会摆出这副表情。她刚才的话是认真的。杰斯立刻有些懊恼,自己刚才的言行实在有失国王风范。

莱斯莉并没深究下去。"让我们前往神圣的松树林询问,诅咒我们的究竟是何方恶魔,该如何应对。我的直觉告诉我,降临在我们王国之上的绝不是一场普普通通的雨。"

"好的,女王。"杰斯咕哝了一句,从城堡低矮的入口爬了出去。

由于树冠的遮挡,滂沱的雨势减弱了不少,光线也几乎透不进来,整个松树林里昏黑一团。头顶上方,远远传来雨点敲击松枝的声响,整片松树林因此回荡着不成调子的诡异乐声。杰斯心里充满了恐惧,胃里则像是堵着一团难以消化的冷面团。

莱斯莉举起双臂,仰面看着墨绿色的树冠。"啊,松之灵,"她虔诚地说,"我们挚爱的王国正遭到未知的邪恶力量的诅咒,因而我们来到此地,请求您赐予我们智慧,辨清它的真容;赐予我们力量,战胜它的侵袭。"

杰斯也举起双臂。"嗯。呃。"他被莱斯莉用手肘捅了一下,"嗯。对。松之灵,请聆听我们的心声。"

莱斯莉似乎很满意,至少没有再捅他。她静静地站在原地,似乎在恭敬地聆听某个声音。杰斯浑身打着战,也不知道是因为寒冷,还是因为这个地方。莱斯莉转身离开的时候,他倒是很开心,满脑子想的都是干爽的衣服、热咖啡,或者窝在沙发里一连看上几个小时的电视。他显然不配成为特雷比西亚的国王,有哪个国王会怕几棵松树和一点点雨呢?

杰斯抓着绳子荡回河对岸的时候,几乎为自己的怯懦感到厌恶。悬在半空时,他往下看了一眼,冲湍急的河流吐了吐舌头。胆小鬼才怕大灰狼,巴啦啦,巴啦啦,他默默哼着歌替自己鼓劲,然后很快抬起头,牢牢盯住沙果树。

打着赤脚踩着泥泞的水洼和倒伏的青草,一步步往坡上走的时候,他在脑海里默默唱着一首老军歌:左右左,左右左,我抛下妻子和四十九个孩子,连块姜汁饼干都没留。我做的是不是有些过了头?右左右,右左右……

"要不,我们换了干净衣服,去你家看看电视什么的?"

杰斯恨不得一把抱住莱斯莉。"我去煮壶咖啡。"他高兴地回应道。

"好呀。"她微笑着说,然后朝帕金斯老宅跑去,步伐是那么优雅迷人,任何泥泞或大雨都无法阻挡。

那天晚上临睡前,杰斯本以为一切都会好起来,心情放松下来。谁料半夜醒来,他惊恐地意识到外面仍然雨声大作。要么干脆就告诉莱斯莉,自己暂时不去特雷比西亚了吧。莱斯莉在和比尔装修房子期间也这么告诉过他,他当时完全没有提出质疑。他介意的倒不是向莱斯莉坦白自己的恐惧,而是恐惧本身。他感觉自己就像一张缺了一大块的拼图,好比梅·贝尔还没拼完的那种眼睛、脸颊和下巴整个都缺失的拼图。唉,就算是少条胳膊也比天生没胆要强吧。后半夜他几乎没怎么合眼。听着可怕的雨声,杰斯心里清楚,无论河水涨到多高,莱斯莉都会想荡过去的。

第 10 章

完美的一天

杰斯听见了爸爸发动皮卡的声响。虽然丢了工作，爸爸每天还是会一早出门找活。有时他一整天都泡在劳务中介公司的办公室里，运气好的时候，他能找到一些家具装卸或是打扫卫生的零工。

杰斯反正醒了，索性爬了起来。他可以给贝西小姐挤挤奶，喂喂草什么的，把特雷比西亚的事暂时抛在脑后。杰斯在背心外套了件 T 恤，然后穿上工装裤。

"你去哪儿？"

"回去睡你的觉，梅·贝尔。"

"我睡不着，外面下雨太吵了。"

"那就起来。"

"干吗对我这么凶？"

"你能别嚷嚷吗，梅·贝尔？全家人都快被你的大嗓门儿吵醒了。"

换作乔伊斯·安的话，肯定已经大哭大闹起来了。但梅·贝尔只是做了个鬼脸。

"拜托，"杰斯说，"我就是去给贝西小姐挤个奶。你要是能小点声，说不定我们还能看会儿动画片。"

梅·贝尔瘦巴巴的程度跟布兰达的胖对比鲜明。她穿着内衣在地板中央就站了这么一会儿，苍白的皮肤上已经起了一层鸡皮疙瘩。因为刚睡醒，她的眼皮还耷拉着，浅棕色的头发乱糟糟地蓬成一团，就好像枯树枝上搭的松鼠窝。杰斯满心怜爱地打量着她，心里嘀咕着，这真是全世界最丑的丫头了。

梅·贝尔把她的牛仔裤扔向他的脸。"我要去向妈妈告状。"

杰斯把牛仔裤又扔了回去。"告什么状？"

"我没穿好衣服，你还盯着我看。"

老天，她难道觉得这是欣赏吗？"好吧，我承认，"他一边说一边往门口走，以免她又扔什么东西过来，"你这么漂亮的小丫头，都把我看呆啦。"穿过厨房的时候，他听见梅·贝尔在身后咯咯直笑。

牛棚里充满了贝西小姐那熟悉的气味。杰斯轻声唤它过来，在它肚皮旁边摆好板凳，将牛奶桶放在它带花斑的奶头下面。雨点敲打着金属顶棚，和牛奶喷射的吱吱声还挺合拍。要是雨能停就好了。杰斯将额头抵在贝西小姐温热的身躯上，寻思着奶牛会不会害怕——打从心底那种害怕。他见过贝西小姐从特里恩王子身边跳开，可那不一样，脚边冒出一只汪汪乱叫的小狗，自然会吓一跳。他和贝西小姐的区别在于，特里恩王子不在的时候，贝西小姐总是非常知足，昏昏欲睡地反刍着草料；而他，即使荡过河道的绳子不在眼前，他也一直盯着帕金斯老宅的方向，忧心忡忡，心神不宁。贝西小姐可不会踮起脚张望，任由焦虑蚕食自己。

　　杰斯用额头摩挲着贝西小姐的肚皮，叹了口气。要是到了夏天，河道里还是有那么多水的话，他一定要让莱斯莉教自己游泳。这主意不错吧？他对自己说，从哪儿跌倒，就要从哪儿爬起来，我要战胜自己的恐惧，没准儿还能学会水肺潜水呢。这想法让杰斯身上一阵战栗。或许他天生胆子就小，可他不想一直当个懦夫。对了，说不定他可以去医学院，要求换个胆。不，医生，我的心脏没问题，我需要换一个胆。这笑话不错吧？杰斯笑了起来。他一定得把换胆的笑话告诉莱斯莉，保准命中她的笑点。当然了，他停下挤奶的动作，慢慢将头发从脸上拨开，当然了，他其实最需要的是换个脑子。杰斯太了解莱斯莉了，他知道要是他说今天不想荡过河，莱斯莉绝不会把他的脑袋拧下来，也不会对他冷嘲热讽。自己只需要简简单单说一句："莱斯莉，我今天不想过去了。"就这样，简简单单。"莱斯莉，

133

我今天不想过去了。""怎么了?""怎么了,因为……因为,呃,因为……"

"我都叫你三次了。"梅·贝尔拿出艾丽那副盛气凌人的做派。

"叫我干吗?"

"有位女士打电话找你,害我只得穿上衣服出来叫你。"

几乎从没有人给他打电话。只有莱斯莉打过那么一次,结果被布兰达添油加醋地大肆渲染,说什么杰斯接到小甜心的电话之类的。从那以后,莱斯莉就打定主意,要是想和他说话,就直接上门。

"听声音像是埃德蒙斯小姐。"

电话的确是埃德蒙斯小姐打来的。"杰斯?"她的嗓音仿佛涓涓细流从电话那头传来,"这天气真够糟的,是吧?"

"是的,老师。"杰斯不敢多说一个字,生怕被听出来他在发抖。

"我想开车去一趟华盛顿,参观史密森尼博物馆或者国家美术馆之类的。你想和我做个伴吗?"

杰斯出了一身冷汗。

"杰斯?"

他舔了舔嘴唇,拨开脸上的头发。

"杰斯,你还在吗?"

"在,老师。"杰斯做了个深呼吸才缓过来。

"你愿意和我一起去吗?"

这还用问。"愿意,老师。"

"你要不要先征得父母同意?"埃德蒙斯小姐温柔地问。

"好……好的,老师。"不知怎的,他整个人和电话线缠到了一起,"好的,老师。稍……稍等一下。"他拨开电话线,将听筒轻轻放在一旁,蹑手蹑脚地走进父母的卧室。妈妈盖着一床棉毯,弓身侧卧着,杰斯轻轻摇了摇她的肩膀。"妈妈?"他的声音近乎耳语,最好是趁她半睡半醒的时候问,等她清醒过来,想明白这件事,多半是不会同意的。

听到声音,妈妈一个激灵,继而又松弛下来,显然没醒透。

"老师想让我一起去华盛顿,参观史密森尼博物馆。"

"华盛顿?"妈妈含混不清地咕哝了一句。

"对,是为了学校的事。"杰斯晃了晃她的上臂,"不会太晚回来的,行吗?"

"嗯。"

"不用担心。我已经挤过奶了。"

"嗯。"妈妈将毯子往上拽了拽,朝里翻了个身。

杰斯轻手轻脚地走回电话旁。"说好了,埃德蒙斯小姐,我可以去。"

"太好了。我去接你,二十分钟后到。告诉我你的位置就行。"

一看见埃德蒙斯小姐的车拐进来,杰斯就从厨房门冲了出去,冲进了雨中,没等她停到门口就上了车。先保证上路再说,至于细节,妈妈回头可以找梅·贝尔问个清楚。梅·贝尔在全神贯注地看电视,幸好幸好,他可不想自己还没出发,梅·贝尔就把妈妈吵醒。车拐上大路后,杰斯还是不敢回头,生怕看见妈妈大吼大叫的模样。

直到开过了米尔斯堡,杰斯才反应过来本可以问问埃德蒙斯小姐,方不方便带莱斯莉一起。不过一想到只有自己和埃德蒙斯小姐两个人单独坐在这辆舒适的小汽车里,他就抑制不住心底的喜悦。

埃德蒙斯小姐车开得很谨慎,她双手紧紧握着方向盘,目光直视前方。车轮发出沙沙的摩擦声,挡风玻璃上的雨刮器欢快地唰唰作响。车里暖融融的,洋溢着埃德蒙斯小姐的气息。杰斯坐在副驾驶的位置上,胸前牢牢扣着安全带,双手紧紧夹在膝盖中间。

"该死的雨,"埃德蒙斯小姐开口说道,"真让人抓狂。"

"是啊,老师。"杰斯轻快地说。

"你也这么觉得?"埃德蒙斯小姐冲他笑了一下。

这份亲近让杰斯不由得晕乎乎的。他点了点头。

"你以前去过国家美术馆吗?"

"没有,老师。"杰斯连华盛顿都没去过,但愿埃德蒙斯小姐别提这茬。

她又冲他笑了一下。"这是你第一次去美术馆？"

"是的，老师。"

"太好了。"她说，"我的人生终究是有价值的。"虽然不明白这句话的意思，但杰斯并不在乎。埃德蒙斯小姐和他在一起很高兴，知道这一点就够了。

即使外面下着雨，杰斯还是能辨认出沿途的标志性建筑，他惊讶地看着书本上的图片真实地出现在眼前，有坐落于山顶的卡斯蒂斯·李公馆，横跨波托马克河的阿灵顿纪念大桥，埃德蒙斯小姐还特地绕着环岛开了两圈，好让他把远眺整座城市的亚伯拉罕·林肯雕像看个仔仔细细。还有白宫、华盛顿纪念碑、国会大厦……这些地方莱斯莉肯定已经看过一百万次了，她以前有个同学的爸爸还是国会议员呢。杰斯想，等会儿说不定可以告诉埃德蒙斯小姐，莱斯莉认识一位真正的国会议员。埃德蒙斯小姐一向都很喜欢莱斯莉。

参观美术馆的感觉有点像是步入特雷比西亚的那片松树林，杰斯看到恢宏的大理石拱顶、华美的喷泉，还有环绕四周的绿色植物。两个小孩子挣开母亲的手，相互追逐，嬉戏打闹起来。杰斯真想上前制止他们，在如此神圣的地方，行为举止都该有分寸才是。

还有那些画，一间展厅连着一间展厅，一层楼接着一层楼，杰斯深深沉醉在那些色彩、造型和巨幅画作的视觉冲击力中，沉醉在身旁埃德蒙斯小姐的声音和香水味中。她时不时弯下腰，凑近向他讲解，或是问他问题。她黑色的头发垂在肩膀上，好几个小伙子都只顾着看她，而忘记了看画，杰斯觉得他们肯定在嫉妒自己。

他们逛到很晚才去咖啡馆吃饭。埃德蒙斯小姐提到午餐的时候，杰斯才惊恐地意识到，吃饭是要花钱的。他不知该如何解释自己没有带钱，其实也没钱可带。他还没来得及找出借口，埃德蒙斯小姐就抢先发话道："关于谁来付账的问题，我们就别争了。杰斯·亚伦斯，我是一位崇尚平等的女性，既然是我邀请的你，钱就由我来出。"

杰斯本想推托一番，可又确实付不起账单，只得作罢。最后，他吃了一顿三块钱的午饭，他真没想让埃德蒙斯小姐这么破费的。明天他得问问莱斯莉，下次碰上这种情况该如何处理。

吃完午饭，他们小跑着穿过蒙蒙细雨，前往史密森尼博物馆了解恐龙和印第安人的历史。他们来到一个微缩景观的展台前，台上是印第安人狩猎的场景：披着水牛皮的印第安人张牙舞爪，将一群水牛逼上了悬崖，悬崖下还聚集着大批印第安人，正等着剥它们的皮，吃它们的肉。杰斯曾经画过类似的画面，如今它变成了立体的噩梦！这种冥冥中的关联让他不寒而栗。

"简直栩栩如生，是吧？"埃德蒙斯小姐说着俯下身凑近去看,头发扫过杰斯的脸颊。

杰斯摸了摸自己的脸颊。"是的,老师。"心里想的却是:我可不喜欢这个。可他还是站在那儿挪不动步子。

从博物馆出来的时候,外面春光灿烂,明晃晃的阳光晃得杰斯睁不开眼。

"哇!"埃德蒙斯小姐说,"奇迹啊!快看那太阳!我还以为它会像日本神话里那样,往山洞里一躲,发誓再也不出来了呢。"

杰斯的心情又明朗起来。他们一路沐浴着阳光踏上返程,埃德蒙斯小姐说起她大学时代曾去日本留学过一年,其间发生了好多趣事,那里的男生都比她矮,她也不会用当地的厕所。

杰斯感到无比轻松愉快。他有太多事情要告诉莱斯莉,也有太多问题要问她。妈妈会有多生气都无所谓,气总会消的。值了。为了生命中这完美的一天,他愿意付出任何代价。

快要到帕金斯老宅的时候,车颠簸了一下。杰斯说:"埃德蒙斯小姐,就把我放这儿吧,别拐进去了,车会陷到泥里的。"

"好的,杰斯。"埃德蒙斯小姐把车停在路边,"谢谢你陪我度过美好的一天。"

夕阳的余晖洒在挡风玻璃上,闪烁着灿灿金光,让杰斯有些目眩。他扭过头,凝视着埃德蒙斯小姐的面庞。"不,老师。"他的声音又尖又细,调子都变了,他赶快清了清嗓子,"不,老师,应该谢谢您。那个——"他想要在离开之前好好感谢她一番,可怎么都找不到合适的词语。当然了,等他之后躺在床上或是坐在城堡里的时候,那些词语肯定就都冒出来了。"那个——"他打开车门走了出去,"下周五见。"

埃德蒙斯小姐微笑着点点头。"再见。"

杰斯目送汽车驶出视线,才转过身,使出全身力气往家跑去。内心的喜悦翻腾着,让他整个人都轻飘飘的,就算现在像梦里那样双脚突然离地,飞越屋顶,他也不会惊讶。

他就这么一路跑回了家,丝毫没察觉到任何异样,也没留意到爸爸的皮卡早早停在了外面。直到进了厨房,杰斯才意识到不对劲:全家人都在,爸爸妈妈和两个妹妹坐在餐桌边,艾丽和布兰达坐在沙发上,他们没在吃饭——桌上并没有饭菜,也没在看电视——电视是关着的。他们齐刷刷地盯着杰斯,让他在原地愣了好几秒。

妈妈突然放声大哭起来。"我的老天,我的老天……"她用胳膊抱着头,反反复复说着这句话。爸爸伸出手臂,笨拙地搂着她,目光却一刻也没离开过杰斯。

"我都说了,他就是去了什么地方嘛。"梅·贝尔固执地小声说道,好像她已经说过好多次,可就是没人信。

杰斯像是竭力想窥视一条黑洞洞的水管那样眯起眼睛,

甚至不知道该问什么。"怎么——"他试探着开了口。

布兰达没好气地打断了他的话头:"你女朋友死了,妈妈以为你也死了。"

第 11 章

不!

杰斯的脑袋里一阵天旋地转。他张了张嘴，可嘴里涩涩的，什么话都说不出来。他一张脸一张脸地扫视过去，希望有人能帮帮自己。

最后还是爸爸开了口。他用粗糙的大手摩挲着妻子的头发，垂下眼帘，避开杰斯的目光。"今天早上，他们在河道里找到了伯克家的那个女孩。"

"不，"杰斯总算发出了声音，"莱斯莉不会淹死的，她游泳游得很好。"

"你们荡的那根绳子断了，"爸爸冷静地解释道，"他们推测，她掉下去的时候脑袋肯定撞到了什么。"

"不，"杰斯摇摇头，"不。"

爸爸抬起头看着他。"孩子，我真的很难过。"

"不！"杰斯吼了起来，"我不信。你在骗我！"他像没头苍蝇一样四处乱看，渴望有人能替他说句话。可大家全都耷拉着脑袋不吭声，只有梅·贝尔惊恐地瞪着眼睛。

可是莱斯莉，你要是死了呢？

"不，"他盯着梅·贝尔，"都是骗人的。莱斯莉没有死。"他转身冲出门外，任由纱门在身后留下砰一声巨响。他沿着石子路跑上大马路，然后向西狂奔，将华盛顿、米尔斯堡，还有帕金斯老宅都甩得远远的。后面驶来一辆汽车，嘀嘀按着喇叭，一个急转弯避过他，然后又是一顿狂按。可杰斯好像完全没注意到一样。

莱斯莉——死了——女朋友——绳子——断了——掉下去——你——你——你，这些词就像爆米花机里的玉米粒一样在他脑袋里炸裂开来。老天——死了——你——莱斯莉——死了——你。他趔趄了一下，可还在继续跑，不敢停下。不知怎的，他总觉得跑步是让莱斯莉远离死亡的唯一方式。莱斯莉的命运就掌握在他的脚下，所以他必须跑下去。

身后传来爸爸皮卡的声响，可杰斯没有回头。他想要跑得更快一些，可爸爸超了过去，在他前方停下，跳下车往回跑了几步，然后像抱小宝宝一样将杰斯打横抱起。一开始，杰斯又是蹬脚又是踢腿，想要挣脱爸爸强壮的臂弯，可没过几秒就放弃了，他的大脑嗡嗡作响，从某个角落悄然释放出的麻木感侵袭过他的全身。

杰斯瘫坐在车上，无力地靠着车门，脑袋随着颠簸一下一下撞着车窗。爸爸木然地开着车，一句话也没说。其间有一次，他清了清嗓子似乎想要说些什么，可瞥了杰斯一眼之后还是闭上了嘴巴。

回到家门口停好车后，爸爸默默坐着，杰斯感受到了那种无措，于是打开车门，下了车，拖着麻木的身体走进屋子，躺倒在自己的床上。

他醒了，在漆黑的寂静中猛然清醒过来。他从床上坐起来，尽管还穿着外套和运动鞋，他还是感到僵硬的身体在瑟瑟发抖。隔壁床上传来两个妹妹的呼吸声，在寂静的衬托下显得格外刺耳和凌乱。他一定是从梦里惊醒的。做了什么梦他已经印象模糊，只记得那种惊惧的感觉。透过没拉窗帘的窗户，他看见天上斜斜地挂着月亮，群星在熠熠闪烁着。

他渐渐回想起来，有人告诉他莱斯莉死了。不过他现在醒悟过来，那只是噩梦的一部分罢了。莱斯莉是不会死的，他不还好好活着吗？这个念头仿佛被秋风卷起的落叶，在他脑海里不停地打转。要是现在就起床，去帕金斯老宅敲敲门，莱斯莉一定会来开门的。特里恩王子会在她脚边跳来跳去，就像星星围着月亮一样。多美的夜晚啊。说不定他们可以翻过山丘，穿过田野，来到河边，然后荡到对岸的特雷比西亚王国去。

他们还从没在夜里去过那儿呢。现在月光明亮皎洁，足够照亮进入城堡的路。他可以把这一天在华盛顿的所见所闻都讲给她听，然后向她道歉。他真是个傻瓜，都没问问能不能带莱斯莉一起去。他、莱斯莉，还有埃德蒙斯小姐本可以共同度过这美好的一天。当然了，这与自己同埃德蒙斯小姐的独处肯定有所不同，但仍然美好，仍然完美。埃德蒙斯小姐和莱斯莉彼此非常欣赏，有了莱斯莉做伴，一定会增添不少乐趣。他脱掉外套和运动鞋，蜷缩在被窝里，暗暗自责着：真对不起，莱斯莉，我太傻了，都没想过要问一问。

没事的，莱斯莉一定会这么说，华盛顿嘛，我都去过上千次了。

那你看过狩猎水牛的场景吗？

真巧，莱斯莉去了华盛顿那么多次，唯独没看过这个。他正好可以给她好好讲讲，关于那些野兽如何狂奔着迎向毁灭的事。

他的胃里突然感到一阵寒意。他想到那些水牛，想到它们的坠落和死亡。他想到自己兴奋得过了头，都忘了问问莱斯莉愿不愿意一起去华盛顿。

你知道这事怪在哪儿吗？

哪儿？莱斯莉会问。

今天早上，我挺怕去特雷比西亚的。

寒意从他的胃里蔓延开来。杰斯翻了个身,趴在床上。要么现在还是别去想莱斯莉了。明天早上一起床,他就去找她当面解释清楚。等到了白天,他甩掉噩梦的残影,就能更好地理顺思绪。

他回忆起这天在华盛顿的经历,回味那些油画和雕塑的细节,回想埃德蒙斯小姐的声音,努力还原自己说的每一个字和她的每一个回答。时不时地,坠落的阴霾会从他脑海的某个角落里钻出来,但他会立刻切换进一幅画面或一段对话,将阴霾赶走。等到了天亮,他一定要将这一切和莱斯莉分享。

等他再次清醒过来,阳光已经透过窗户洒了一地。两个妹妹的床上只剩下了揉皱的被单,厨房里传来零星的响动和轻轻的说话声。

老天!可怜的贝西小姐。他昨晚忘了个干干净净,现在肯定米个及了。杰斯摸到运动鞋,胡乱往里一蹬,鞋带都没系就出了房间。

妈妈听见脚步声,立刻从炉灶上抬起头,她脸上写着疑问,可只是冲杰斯点了点头。

那股寒意再度袭来。"我把贝西小姐给忘了。"

"你爸爸正在给它挤奶。"

"昨晚我也忘了。"

妈妈还是点点头。"爸爸帮你挤过了。"她的口吻里没有丝毫责备,"想吃点早饭吗?"

难怪他总觉得胃里不舒服。从昨天回家途中埃德蒙斯小姐在米尔斯堡给他买的冰激凌之后,他就没再吃过什么东西了。布兰达和艾丽从餐桌边抬起头,盯着他看。两个妹妹将目光从电视屏幕前移开,迅速扫了他一眼,又回去看动画片了。

杰斯在长凳上坐好后,妈妈在他面前放了满满一盘松饼。他都不记得她上次做松饼是什么时候的事了。他浇上糖浆,开始吃起来。味道好极了。

"你一点都无所谓,是吧?"坐在对面的布兰达忍不住来了一句。

杰斯困惑地看着她,嘴里塞得满满当当。

"要是吉米·迪克斯死了,我可一口都吃不下去。"

那股寒意在他身体里徘徊着,翻涌着。

"布兰达·亚伦斯,你能闭上你的嘴吗?"妈妈冲上前来,高举着锅铲威慑道。

"拜托,妈妈,他就像个没事人似的坐在那儿吃松饼。要是我的话,眼睛都要哭瞎了。"

艾丽先看了看妈妈,又看了看布兰达。"男孩才不会为这种事哭鼻子呢。是吧,妈妈?"

"哼,反正他坐在那儿像头猪似的大吃大嚼,看着就不正常。"

"我警告你，布兰达，要是你再不闭嘴的话……"

他听得见她们说话，可那声音比梦境的记忆还要遥远。他大口大口咀嚼着、吞咽着，妈妈又在他盘子里放了三块松饼，他又吃了下去。

爸爸拎着牛奶桶走了进来，小心地将牛奶倒进空的果汁罐，然后放进冰箱。他在水槽里洗了洗手，走到餐桌旁。经过杰斯身边的时候，他将手轻轻放在儿子的肩膀上，并没有为挤奶的事而生气。

杰斯能隐约感觉到，父母对视了一下，然后将目光投向了自己。妈妈狠狠瞪了布兰达一眼，又对爸爸使了个眼色，意思是让布兰达闭嘴。可杰斯满脑子琢磨的都是松饼如何美味，真希望妈妈再给他来两块。他知道自己不该再要了，可妈妈完全没有多给的意思，他又不免失望起来。这样看来，自己应该起身离开了，可要去哪儿，去干什么，他又茫然起来。

"你妈妈和我想着，我们应该去邻居家表示下慰问。"爸爸清了清嗓子，"我想，你要是一起去更好。"爸爸又顿了顿，"毕竟，没人比你更了解那个小姑娘。"

杰斯努力琢磨爸爸这话的意思，可越想越糊涂。"什么小姑娘？"他咕哝了一句。这话问得肯定有问题，因为艾丽和布兰达都倒抽了一口凉气。

爸爸将身子向前倾了倾，用大大的手掌覆住杰斯的手背。他忧心忡忡地扫了妻子一眼,可她只是一言不发地站在那儿,眼睛里充满了哀伤。

"杰斯,你的朋友莱斯莉死了。你要明白这一点。"

杰斯把手从爸爸的手掌下抽出来,从桌边站起身。

"我知道这不是件容易的事——"杰斯朝卧室走去,身后传来爸爸的声音。他穿好外套后回到厨房。

"你已经准备好了?"爸爸迅速站起身。妈妈摘下围裙,拢了拢头发。

梅·贝尔从地毯上跳起来。"我也要去,"她说,"我还没见过死人呢。"

"不行!"妈妈的声音像是一记巴掌,将梅·贝尔扇了回去。

"梅·贝尔,我们都还不知道她被安放在了哪里。"爸爸放缓了语气,说道。

第 12 章

困 境

他们慢慢穿过田野，走下山坡，来到帕金斯老宅门口。外面停了四五辆车。杰斯的爸爸叩了叩门环。杰斯听见特里恩王子在门后的吠叫声和往外冲的脚步声。

"安静点，特里恩王子。"这声音杰斯以前没听过，"坐下。"一个男人开了门，身子向后仰着，用力将小狗往回拉。一见到杰斯，特里恩王子立刻挣脱了绳子，欢快地扑到他怀里。杰斯抱起它，摩挲着它的后脖颈。他从特里恩王子还是只小狗崽的时候就总这么逗它。

"看来它认识你。"陌生男人的脸上勉强挤出一个微笑，"快请进吧。"他退后一步，让他们三个进了屋。

他们走进那个金色的房间。房间还是老样子，只不过此时阳光从南边的窗户倾泻进来，显得更漂亮了。里面坐着的四五个人杰斯都没见过，他们偶尔小声交谈几句，但大多数时候都沉默不语。没有坐的地方了，开门的陌生男人从餐厅拿来了几把椅子。他们三个直愣愣地坐下来,就这么干等着,也不知道在等什么。

一位年长的女士从沙发上缓缓站起身,走到杰斯妈妈面前。她红肿着眼睛,一头白发梳得整整齐齐。"我是莱斯莉的奶奶。"她边说边伸出手。

妈妈略显无措地握住她的手。"我是亚伦斯夫人,"她低声说,"就住在山坡上。"

莱斯莉的奶奶和杰斯的妈妈握了握手,又和杰斯的爸爸握了握手。"谢谢你们过来。"说完,她转向杰斯,"你一定就是杰斯了。"杰斯点点头。"莱斯莉——"她的眼里盈满了泪水,"莱斯莉和我说起过你。"

有那么一会儿,杰斯以为她还会说点别的。他不想和她对视,于是低下头,抚摸着趴在腿上的特里恩王子。"对不起,"她的嗓子有些发哑,"我实在忍不住。"开门的陌生男人走上前来,伸出胳膊搂住她,扶着她走出房间。杰斯仍能听见她的哭泣声。

太好了,她总算走了,杰斯心想。那么优雅的老太太,哭起来总觉得怪怪的,就好像电视上保丽净假牙广告的代言人突然放声大哭一样,那画面很不和谐。他环视了一圈,房间里满是红着眼睛的大人。瞧瞧我,他很想对他们说,我就没有哭。他灵魂的一部分仿佛抽离出身体,以局外人的姿态审视着这个念头。在认识的同龄人里,他是唯一遇到好朋友去世的。这会让他成为焦点人物，下星期一上学的时候，同学们说不定会围着他窃窃私语，对他敬畏三分，就像去年比利·乔·威姆斯的爸爸死于车祸后大家对比利那样。不高兴的话，他谁都不用搭理，老师也会对他特别宽容，妈妈甚至还会让姐妹们都让着他。

他突然很想看看莱斯莉被安放在了哪里，是在自己家的书房，还是在米尔斯堡的某家殡仪馆？下葬的时候，她会穿平时的蓝色牛仔裤还是复活节那天的碎花衬衫和蓝色背带裙？还是打扮得正式一些比较好，别人会笑话她的蓝色牛仔裤的，杰斯不想莱斯莉死后还遭到取笑。

比尔走进房间，特里恩王子从杰斯的腿上跳下来，朝他跑去。比尔蹲下身，摸了摸小狗的后背。杰斯站了起来。

"杰斯。"比尔走到他面前，伸出双臂拥抱他，就好像抱住的不是杰斯而是莱斯莉一样。比尔将他紧紧拥在怀中，毛衣上的一粒纽扣硌着杰斯的额头，让他隐隐作痛。虽然很不舒服，但杰斯一动也没动。他能感觉到比尔身体的颤抖，他生怕自己一抬头，就看见比尔哭泣的模样。他不想见到比尔哭。他想要逃离这间屋子。他快要喘不过气了。莱斯莉怎么不在这儿帮帮他？她为什么不跑进来，让所有人都重新露出笑容？

你以为自己死了，把大家都惹哭了就很了不起吗？哼，才不是呢！

"你知道，她爱你。"比尔的嗓音带着哭腔，"有一次她告诉我，要不是你……"比尔彻底崩溃了。"谢谢，"他过了一会儿才继续道，"她能有你这么好的朋友，谢谢你。"

那声音听起来不像比尔，而像是煽情的老电影里某个多愁善感的角色。换作以前，莱斯莉和杰斯会哈哈大笑，拿腔拿调地模仿一番——呜呜，她能有你这么好的朋友。杰斯忍不住想要往后挪一下身子，只要那粒讨厌的纽扣不硌着他的额头就行。还好比尔不多会儿就放开了他。头顶传来杰斯爸爸轻轻询问葬礼事宜的声音。

随着心情的平复，比尔也恢复了平常的声音。他回答说，全家人已经决定将遗体火化，明天就把莱斯莉的骨灰带回宾夕法尼亚州的老家。

火化。杰斯的大脑里咯噔了一下。这意味着莱斯莉从此消失，化成了灰烬，他再也见不到她了，甚至连看一看遗体的机会都没有了。再也见不到了。他们怎么能这样做？莱斯莉是属于他的。他比世界上任何一个人都有资格拥有莱斯莉。没有人问过他的意见，甚至没有人告诉他这个决定。现在，他再也见不到莱斯莉了，而这些人只会哭、哭、哭。他们的眼泪根本不是为莱斯莉而流，而是为自己，只是为了他们自己。要真那么在乎莱斯莉的话，他们根本就不会带她来这个烂地方。杰斯用力绞着双手，生怕自己控制不住，一拳揍在比尔脸上。

他，杰斯，是唯一一个真正在乎莱斯莉的人。可莱斯莉辜负了他。在他最需要她的时候，她死了。她丢下了他，一个人跑去荡那根绳子，只为了向他证明自己不是个胆小鬼。对，就是这样。没准儿她正在什么地方笑话他呢，就像笑话迈尔斯夫人那样。莱斯莉耍了他。是她让他抛下旧的自我，走入她的世界。他已经回不去了，可也还没完全适应新世界的规则，莱斯莉却离开了，留他一个人困顿于此，就好像漫步月球的宇航员，孤零零的。

他已经记不清何时离开的帕金斯老宅，只记得自己沿着山坡一路往家跑，满脸都是愤怒的泪水。他砰的一声撞开门，梅·贝尔睁大棕色的眼睛站在那儿。"你看见她了吗？"她兴奋地问，"她是直挺挺地躺在那儿吗？"

杰斯打了她。在她脸上甩了一巴掌。他这辈子还没用这么大的劲儿打过谁。梅·贝尔呜咽一声，向后一个踉跄。杰斯径直进了卧室，从床垫下摸出去年圣诞节莱斯莉送给他的画纸和颜料。

艾丽站在卧室门口，对他唠叨着什么。杰斯将她推到一旁，走进厨房。布兰达坐在沙发上发着牢骚，但他只能听见梅·贝尔的啜泣声。

杰斯头也不回地冲出门，穿过田野，一口气跑到河边。水位比他上次来的时候低了一点。沙果树的枝头上，那截断掉的绳子在轻轻晃着。

现在,我是五年级跑得最快的人了。

他胡乱叫喊着,将画纸和颜料扔进浑浊的河水。颜料盒浮在河面上,像一只小船顺流而下,画纸打着旋儿,吸饱了泥浆,晃晃悠悠地沉了下去。他眼睁睁看着它们消失在视野中,呼吸渐渐平息下来,心也不再怦怦狂跳。地上还残留着大雨后的泥泞,可他还是一屁股坐了下去。他已经无处可去。又一次,他沦落到无处可去的境地。杰斯垂下头,将脑袋埋在膝盖中间。

"这么做可真够傻的。"爸爸在他身边的泥泞里坐了下来。

"我不管,我不管!"杰斯号啕大哭起来,哭得上气不接下气。

爸爸像对待乔伊斯·安那样将杰斯拉到自己腿上。"好了,好了。"他拍着杰斯的头安慰道,"没事了,没事了。"

"我恨她,"杰斯抽噎着说,"我恨她。要是我从来没认识过她就好了。"

爸爸默默摩挲着他的头发。杰斯慢慢平静下来,和爸爸一起望着流淌的河水。

过了许久,爸爸终于开口说道:"感觉就像地狱,是吧?"杰斯听出爸爸是在用跟男人对话的语气和他交谈,这让他感到一种无法言说的安慰,也获得了一些勇气。

"你相信人会下地狱吗？我是说，真的下地狱？"

"你该不是在担心莱斯莉·伯克会下地狱吧？"

杰斯也知道，自己这话问得太明显了，可是——"呃，梅·贝尔说过……"

"梅·贝尔？梅·贝尔又不是上帝。"

"嗯，可你怎么知道上帝会怎么做？"

"老天，别傻了，儿子！上帝是不会让小姑娘下地狱的。"

在杰斯眼里，莱斯莉·伯克从来不是什么小姑娘，不过在上帝眼里她当然是，她要到十一月才满十一岁呢。杰斯和爸爸站起身，朝山坡上走去。"我不是真的恨她，"杰斯说，"我也不知道为什么这么说。"爸爸点点头，表示能够理解。

每个人都对杰斯客客气气的，连布兰达也不例外。只有梅·贝尔总躲着他，害怕再和他起冲突。杰斯很想对她说声对不起，却没说出口。他会弥补她的，而不是只有道歉，只是眼下他太累了，没心思琢磨这事。

那天下午，比尔来了。伯克一家即将出发前往宾夕法尼亚，他问杰斯能不能在他们离开的这段时间代为照顾一下小狗。

"当然。"听到比尔提出帮忙的要求，杰斯很高兴，他一直担心上午自己那么失态地跑掉会伤了比尔的心。比尔应该没有责怪他吧？杰斯很想知道答案，但实在问不出口。

杰斯抱着特里恩王子冲他们挥了挥手，目送那辆灰蒙蒙的意大利小汽车拐上了大马路。他们好像也在冲这边挥手，可是距离太远，看不真切。

妈妈一向是不允许他养狗的，可这一次，她没有反对特里恩王子进家门。到了晚上，特里恩王子跳上杰斯的床，蜷缩在他胸口，一觉睡到天亮。

第 13 章

搭 桥

星期六一早,杰斯醒来的时候感到头闷闷地疼。虽然时候还早,他还是爬了起来。今天他想把奶给挤了。自从星期四晚上开始,挤奶的活都是爸爸替他做的。杰斯想要一切恢复原状,生活重回正轨。他将特里恩王子关进工具房,小狗呜呜咽咽直叫唤,让他想起了梅·贝尔,于是头感觉更疼了。可放特里恩王子出来的话,他就没法给贝西小姐挤奶了。

杰斯拎着牛奶桶进门时,其他人都还睡着。他给自己倒了一杯温热的牛奶,又吃了几片面包。他后悔扔掉了颜料,于是决定走去河边,看看还能不能找回来。他将特里恩王子放出来,给它喂了半片面包。

这是春天里一个美丽的清晨,天空碧蓝如洗,深绿色的田野里点缀着早开的野花。水位回落了好多,看着没有从前那么可怕了。一大截树枝被冲上了岸,杰斯把它拖过来,挪到河道最窄的地方,树枝两端正好搭在河岸两侧。他站上去踩了踩,还算结实,于是他抓住主干上支棱出的枝丫,努力保持着平衡,一步一挪向对岸走去。之前扔掉的颜料盒早已没有了踪影。

他从树枝上走下来,双脚轻轻落在了特雷比西亚的领土上——如果不荡绳子、踩着树枝进入的还算特雷比西亚的话。被留在对岸的特里恩王子可怜地叫唤着,然后鼓足勇气跳进河里扑腾了起来。它被水流裹挟着往下游漂了一段,最后安全爬上了岸,朝杰斯跑了过来,浑身抖了两下,大颗大颗冰凉的水滴甩了杰斯一身。

他们走进城堡,里面仍然湿漉漉、黑黢黢的,丝毫看不出女王已逝的迹象。杰斯觉得自己有必要按规矩做点什么,可莱斯莉不在,没人告诉他该怎么办。昨天的那团无名火又一次噌地蹿了上来。莱斯莉,我就是个傻瓜,你比谁都清楚!这下可好,我该怎么办?胃里的寒意直往上涌,令他喉咙阵阵发紧,他不得不咽了好几口口水。他心里一沉:自己该不会得了咽喉癌吧?吞咽困难,不正是某种致命的症状吗?杰斯直冒冷汗。他不想死。老天,他才只有十岁,人生还没开始呢。

莱斯莉,你当时害怕吗?你当时知道自己快死了吗?你和我一样感到恐惧吗?他的脑海中闪过一幅画面:莱斯莉困在冰冷的河水之中,无力自救。

"来吧，特里恩王子，"他提高嗓门儿说道，"我们得为女王做个花环。"

在松树林前方的河岸边，他找了块干净的空地坐下，用松枝弯成一个环，又从城堡里找来一根湿漉漉的绳子，仔细捆好。松枝环看着绿幽幽、冷冰冰的，杰斯又摘来一些美丽的野花，穿插进松针之间。

他把花环放在面前。一只北美红雀落到岸边，扬起小脑袋，像是在打量它。特里恩王子兴奋地吠叫了一声，杰斯用手摸了摸它，让它安静一点。

小鸟蹦蹦跳跳了几步，然后拍拍翅膀飞走了。

"这是松之灵的回应，"杰斯轻轻地说，"我们做了一件很有价值的东西。"

杰斯手捧女王的花环，向神圣的松树林走去。尽管小狗是唯一的观众，他还是走得很慢很慢，生怕破坏了这庄重的仪式。他鼓起勇气，走进松树林更加幽暗的深处，双膝跪地，将花环放在地毯般厚实的金黄色松针上。

"天父，我将她的魂灵交付于您的手中。"松树林的神圣气息仿佛注入这句话中，莱斯莉一定会喜欢的。

肃穆的气氛盈满了神圣的松树林，向城堡的方向弥散过去。一丝宁静翩然而至，穿过混沌直抵他的内心，仿佛一只落单的鸟儿掠过乌云密布的天空。

"救命！杰斯！救救我！"尖叫声划破了林中的静谧。

是梅·贝尔！杰斯冲着声音传来的方向飞奔而去，看到梅·贝尔正蹲在那座树枝搭的桥中间，抓着上面伸出的树杈，吓得进也不是退也不是。

"没事的，梅·贝尔。"杰斯的语气比他内心要镇定得多，"抓牢了，我这就去救你。"不知道树枝搭的桥能不能承受两个人的重量。杰斯低头看了看下面的河流，水很浅，蹚过去应该没问题。但水流仍然很急，万一被卷进去怎么办？杰斯决定还是走树枝。他一步步挪过去，总算能够到她了。必须让梅·贝尔回到河对岸去。"好了，"他说，"听我的，往后退。"

"我不敢动！"

"我就在这儿，梅·贝尔，你觉得我会让你掉下去吗？来，"他伸出右手，"抓住我的手，侧着步子，一点点往回挪。"

梅·贝尔松开了抓着树杈的左手，可没过几秒，她又缩了回去，重新抓住树杈。

"杰斯，我害怕，我好害怕。"

"害怕是正常的，谁都会害怕。你要相信我，好吗？我不会让你掉下去的，梅·贝尔。我说到做到。"

梅·贝尔点点头，一双眼睛还是瞪得滚圆，不过她终于肯放开树杈抓住杰斯的手了。她稍稍站直了身子，晃了两下，杰斯将她的手攥得紧紧的。

"好了，听我说，没多远就到了。右脚稍微往后挪一挪，左脚再跟过去。"

"我忘了哪边是右脚。"

"前面的那只,"杰斯耐心地说,"离家近的那只。"

梅·贝尔又点点头,乖乖地将右脚往后挪了一点。

"现在,把你另一只手也给我,抓牢。"

梅·贝尔的另一只手也松开了树杈,一把抓住杰斯的手。

"好,你做得很好。现在,再往后挪一挪。"梅·贝尔晃了一下,但她没叫,只是攥得更紧了,小小的指甲几乎要嵌进杰斯的掌心。"好,很棒,没事的。"杰斯的口吻就像急诊室的护士一样镇定,让人心安,可一颗心却在怦怦撞击着胸膛。"很好,很好,再往后退一点,对。"

最后,梅·贝尔的右脚总算挪到树枝搭在河岸的那一头上,她向前跌去,本能地拽了他一下。

"小心啊,梅·贝尔!"杰斯顿时失去平衡,摔倒了。好在没掉进河里,他上半身卡在梅·贝尔的膝盖之间,两条腿悬空在河面上。"哎呀!"他松了口气,大笑起来,"小丫头,你这是要干吗?想害死我吗?"

梅·贝尔严肃地摇了摇头。"我对《圣经》发过誓绝对不再跟着你。可今天早上我醒来的时候,你已经不见了。"

"我有事要做。"

梅·贝尔抠着沾在小腿上的泥巴。"我就是想来找你,这样你就不孤单了。"她耷拉着脑袋,"可我太害怕了。"

杰斯好不容易爬上岸，在她身旁坐下。他们看着特里恩王子跳进河里，水流很急，可它似乎毫不在意，从沙果树那里爬上了岸，然后朝他们坐的地方跑过来。

"梅·贝尔，每个人都有害怕的时候，没什么好难为情的。"在莱斯莉准备进女厕所找珍妮丝·埃弗里的时候，杰斯也曾捕捉到她眼睛里一闪而过的畏惧，"每个人都会害怕。"

"特里恩王子就不害怕，它还看到了莱斯莉的……"

"狗和人不一样。怎么说呢，你越是聪明，会害怕的东西就越多。"

梅·贝尔难以置信地看着他。"可你就不害怕。"

"拜托，梅·贝尔，我抖得像筛子似的。"

"你骗人。"

杰斯笑了。梅·贝尔竟然不相信他害怕，这让他有些庆幸。他一下子蹦起来，然后拉着梅·贝尔站起身。"回家吃饭吧。"一路上，梅·贝尔打了他好几下，他也没还手。

走进地下室的那间教室时，杰斯注意到教室前面莱斯莉的课桌已经撤走了。当然了，到星期一的时候，杰斯已经接受了这个事实，可在早上等校车的时候，他还是，还是会抬头张望，隐隐期待着她迈着轻快甚至富有韵律的步子，从田野那边跑过来。或许她已经到学校了——以前有几次她没赶上校车，都是比尔开车送她去的，可当杰斯走进教室的时候，她的课桌却已不在了。他们干吗这么急着甩掉她？杰斯把脑袋搁在课桌上，整个身子沉重而冰冷。

他能听见周围的窃窃私语，可听不清说的是什么，反正他也不想听。他突然感到一阵羞愧，他居然想过其他孩子会对自己心存敬畏，就好像自己能从莱斯莉的死里捞到什么好处一样。我想成为冠军，全校跑得最快的那一个，现在我是了。老天，他觉得自己真恶心。别人怎么说、怎么想，他都不在乎，只要别来烦他就行——别逼他和他们说话，别逼他直视他们的目光。他们全都讨厌莱斯莉，没准儿珍妮丝除外吧。他们虽然已经不再找莱斯莉的碴儿，可还是看不起她——就好像他们中间有谁能配得上她似的。甚至连他自己都萌生了背叛的念头，惦记着能成为跑得最快的那一个。

迈尔斯夫人扯开嗓门儿，命令大家起立唱国歌。杰斯没动。是不想动还是动不了他根本无所谓。反正，她又能拿他怎样呢？

"杰斯·亚伦斯，请你出去一下，到楼道去。"

杰斯拖着灌了铅一样的身体，脚步蹒跚地走出教室。他好像听见盖瑞·富尔彻在偷笑，可他也不确定。他靠在墙上，等着咆哮怪迈尔斯唱完开头，又等了一会儿，听见她给全班布置完数学作业，走出教室，轻轻带上了门。

好。来吧。我不在乎。

迈尔斯夫人走到他面前,离他很近很近,他甚至都能闻到她脸上廉价粉底的气味。

"杰斯。"她的声音前所未有地温柔,他没答话。随她吼吧,他都习惯了。

"杰斯。"迈尔斯夫人重复道,"我只是想向你致以我最真挚的慰问。"这句话他常在贺曼卡片上看到,但还是头一回听到这种语气。

杰斯不禁抬起头来,望着迈尔斯夫人的脸。眼镜后面,迈尔斯夫人的一双细眼里噙满了泪水。有那么一瞬间,他还以为自己也会哭。可一想到他和迈尔斯夫人站在地下室的楼道里,为莱斯莉·伯克哭泣,这场景也太怪异了,他差点没笑出声来。

"我丈夫死的时候,"杰斯简直无法想象,迈尔斯夫人曾经有个丈夫,"大家都叫我不要哭,他们总想让我忘记。"迈尔斯夫人的爱和悲伤,这谁能想象得到?"可我不想忘记。"她从袖子里掏出手帕,擤了擤鼻子,她道了个歉接着说,"今天早上我进教室的时候,她的桌子已经被搬走了。"她顿了顿,又擤了一下鼻子,"我们、我教了这么多年的书,从没教过这么优秀的学生。我会永远感激……"

杰斯想要安慰她。他想要收回自己说过的所有关于她的坏话,甚至收回莱斯莉说过的那些笑话。老天,千万别让她知道。

"我在想,如果我都觉得这么痛苦,那你肯定觉得更痛苦。我们尽量互相支持吧,好吗?"

"好的,老师。"他想不出还能说些什么。或许等他长大以后,他会给她写封信,告诉她莱斯莉·伯克认为她是个好老师之类的。莱斯莉肯定不会介意。就像芭比娃娃一样,有些时候你送出的东西应该是别人真正想要的,而不是让你自己感觉良好的。迈尔斯夫人已经帮到了他,理解他永远都不会忘记莱斯莉,这就够了。

他一整天都在回想,莱斯莉转学过来前自己的生活是怎样的。他曾是那么微不足道的存在,一个又蠢又傻、古里古怪的小孩,喜欢画些没头没脑的图画,绕着奶牛场跑圈,一心想要成为学校里的大人物,其实却是在极力掩盖内心的恐惧和不安。

是莱斯莉将他从奶牛场带往特雷比西亚,让他成为那里的国王。他曾以为那就够了。成为国王难道不是每个人的终极梦想吗?现在他突然醒悟到,或许特雷比西亚就像一个可以加冕封爵的城堡,你在那里逗留一段时间,变得坚强勇敢之后,就该继续前进。因为即使在特雷比西亚,莱斯莉不也曾试着推倒他心灵的围墙,让他看见一个熠熠闪光的世界吗?一个广阔、可怕、美丽且格外脆弱的世界。你必须用心去面对,面对一切,哪怕是那些伤害过你的人。

现在，到了他继续前进的时候。那里已经没有了莱斯莉，所以他必须为了他们两个奋勇向前。莱斯莉曾给予他的视野和力量该如何化作美和关怀来回馈这个世界，答案只能由他来揭晓。

至于前方的凶险——他不会自欺欺人地说它们已经被他甩在身后，怎么说呢，只要勇敢面对恐惧，别被它吓得脸色煞白就行。对吧，莱斯莉？

对。

星期三，比尔和朱迪开着一辆搬家公司的卡车从宾夕法尼亚州回到了这里。帕金斯老宅从来留不住人。"我们是为了她才搬来乡下的，既然她不在了……"他们把莱斯莉所有的书、颜料和三沓水彩画纸一起留给了杰斯。"她会希望你收下的。"比尔说。

杰斯和爸爸帮着他们把东西搬上卡车。中午的时候，妈妈拿来了火腿三明治和咖啡。杰斯知道，妈妈有点担心自己的手艺不合伯克夫妇的胃口，可又觉得应该做点什么。终于装车完毕，亚伦斯一家和伯克一家略显尴尬地站在那儿，谁都不知道该如何告别。

"那个，"比尔说，"剩下的东西里面，如果有什么想要的，你们尽管拿。"

"后门廊上的木板我能拿几块走吗？"杰斯问。

"当然可以,你随便挑。"比尔犹豫了一下,接着说道,"我本想把特里恩王子留给你的,可——"他看着杰斯,眼神里满是小男孩般的乞求,"可我实在舍不得。"

"没关系的,莱斯莉也会希望你们照顾它。"

第二天放学后,杰斯去了帕金斯老宅,找到所需的木板,分了几批运往河岸边。沙果树上游的河道较窄,他挑出最长的两块木板架了上去,确保足够牢固后,开始用钉子一块块地钉横档。

"杰斯,你在干吗?"他猜得没错,梅·贝尔又跟来了。

"这是个秘密,梅·贝尔。"

"告诉我嘛。"

"等我弄完了就告诉你,好吗?"

"我向《圣经》发誓,我一个人都不说。包括比利·吉恩,包括乔伊斯·安,包括妈妈——"她郑重其事地点着脑袋,以示强调。

"乔伊斯·安无所谓。没准儿哪天你会想告诉她的。"

"把我和你之间的秘密告诉乔伊斯·安?"梅·贝尔似乎被这个念头吓了一跳。

"嗯,我是这么想的。"

梅·贝尔的脸一沉。"乔伊斯·安就是个小屁孩。"

"嗯,刚开始嘛,她肯定没个女王样,你得好好教导她。"

"女王？谁要当女王？"

"等我弄完了再告诉你，好吗？"

完工后，杰斯将野花插在梅·贝尔的头发里，领着她走过了桥——伟大的通往特雷比西亚的桥。在无法感知魔法的人看来，那只不过是搭在几近干涸的河道上的几块木板罢了。

"嘘，"他说，"快看。"

"什么？"

"你看不到吗？"杰斯悄声说，"特雷比西亚所有的子民都踮起脚，在看你呢。"

"看我？"

"嘘，是的。据说今天，一位美丽的女孩会来到这片王国，她或许就是他们等待已久的王。"

写在《通往特雷比西亚的桥》

出版四十年后

四十年前，我以为除了我丈夫和四个孩子，没人能读得懂《通往特雷比西亚的桥》。它创作于全家人最艰难的那一年：我被确诊癌症，我儿子大卫最好的朋友丽萨·希尔不幸身亡。我怀着忐忑和惶恐的心情将最初十本样书中的一本送给丽萨的母亲。让我无比欣慰和感激的是，希尔一家接纳了这个小小的故事。一九七七年的时候，我几乎没有企望过来自其他人的认可。

转眼到了一九七八年，这本书奇迹般获得了纽伯瑞评审委员会的青睐。我记得自己说完获奖感言走下颁奖台的时候，看见托马斯·Y.克洛威尔出版社的首席执行官正在不停地擦拭眼角。我的第一个念头是，我是不是让这家公司蒙羞了。后来我发现，不只是我的丈夫约翰，还有许多许多人因为我的文字而动容落泪，这着实让我受宠若惊。

一晃四十年过去了，得知全世界那么多读者——无论何种年龄,说着何种语言——都曾读过我的故事,我觉得诚惶诚恐。生活在都柏林市中心的孩子惊讶于他们的午餐牛奶居然来自一头奶牛,而不是来自消过毒的包装盒;住在澳大利亚的孩子写信问我顿奇牌奶油夹心蛋糕是什么味道;而全世界的孩子都想知道:为什么,为什么,为什么莱斯莉·伯克必须死去?

一个中国孩子向我倾诉,她最好的、也是唯一的朋友去世后,是杰斯给予她继续生活的力量。一个住在精神病院的孩子从不开口说话,甚至从不流露任何情绪,一天晚上临睡时,一名大学生志愿者为他读了这本书,两个人都潸然泪下。就在当晚,那个孩子决定开始写作。志愿者帮他将那些作品公之于世,他的心理医生和父母终于得以窥见那闭锁在男孩饱受折磨的年幼灵魂中的一切。

还有一个孩子,她家里讳莫如深的秘密突然沦为同学们茶余饭后的谈资。在人生最可怕的那段日子里,支撑她熬过去的就是莱斯莉对珍妮丝·埃弗里的建议:"关于大家说了什么,又是打哪儿听来的小道消息,你就装不知道。不到一个星期,大家就全忘了。"

一位年轻读者在信中告诉我,十岁的时候,她读到莱斯莉和杰斯的故事,读到他们是如何拒绝扮演社会所赋予他们的性别角色,她因此得到救赎,从自暴自弃的泥潭中挣脱出来,重新接纳了自己。

这些来信和读后感大大超乎我的意料。起初，我以为没人能够理解或是接受这个陌生的小故事。但后来，这就不是我的故事了。从《通往特雷比西亚的桥》出版的那一天起，这个故事就已经不属于我。这四十年以来，无数读者将它铭记在心，变成自己的故事，这本书属于他们。而我，唯有感激。

凯瑟琳·佩特森

作者荣膺纽伯瑞儿童文学金奖

获奖感言

一大清早，我接到电话，通知我《通往特雷比西亚的桥》一书获得了纽伯瑞儿童文学奖的金奖。放下电话后，我的脑海里就不断浮现出童年时代的一个场景：一个脸蛋胖嘟嘟的八岁小女孩正在绘声绘色地给哥哥姐姐讲故事，满心希望他们能觉得有趣。

等故事讲完，哥哥姐姐笑着问她："凯瑟琳，这故事全都是你编的吧？"

小女孩直点头，说："对。"

哥哥姐姐说："听着就像。"

你们无法见到那个八岁的小女孩，但我可以向各位保证，今晚她就站在这里，因为另一个略显伤感的小故事而接受这份荣誉。这个故事也是我编的，大家也都听出来了。它能得到大家的接受和认可，而不是嘲讽和鄙夷，已经属于了不起的奇迹。谢谢你们。

要说这个故事都是我一个人的构思，倒也并非如此。它得以呈现汇聚了许多人的心血：丽萨·希尔，你的生命和死亡是我动笔的初衷；我的丈夫约翰，是你第一个爱上了这个故事；我们的孩子琳、约翰、大卫和玛丽；我的娘家沃默多夫一家，和杰斯·亚伦斯一样，五个孩子里，我也是中间的那一个；二十多年前，弗吉尼亚乡下，我教过——或者说教过我的六年级学生；弗吉尼亚·巴克利，我的编辑兼友人，以及托马斯·Y.克洛威尔出版社的同仁们；多娜·戴蒙德，你的插画笔触细腻，却张力十足。克洛威尔出版社和哈珀与罗出版社的新朋友想必都知道，我需要特别感谢安·本尼迪斯和索菲·西尔格伯格，她们对我的工作和对我本人的关心及爱护令我感念至深。

虽然组委会告诉过我，获奖感言不限时长，可如果把那些曾帮助过我的人一一列举出来，恐怕等下一场暴风雪来临之际，我们还被困在芝加哥。所以，我想在此对所有我爱的人和所有爱我的人，表示深深的感谢。

我儿子大卫从三岁时的那个夏天开始，对桥产生了兴趣。身为一名桥梁爱好者，我完全理解他的感受。从乔治湖开车回家的一路，沿途大大小小的桥也让全家人兴奋雀跃。那天我们去长岛的亲戚家过夜，当时天色已经很晚，开过最后一座桥的时候，大家多少有些不耐烦了。

大卫问了一句："妈妈，下一座桥什么时候到？"

我告诉他:"没有桥了,我们就快到阿瑟叔叔家了。"

"妈妈,再来一座桥嘛,求求你了,就一座。"才三岁的他打心底里相信妈妈无所不能,想要一座桥就能立刻给他搭出来。

我告诉他:"宝贝,前面没有桥了,我们就快到了。"

大卫开始抽抽搭搭起来。"拜托了,妈妈,就再来一座桥嘛。"

无论我们说什么都无法安慰他。我自己也没辙了。他怎么就不明白呢,我又不是存心要扫他的兴,我总不能变出一座桥,直接扔到前方的路上吧?他要到什么时候才知道,妈妈只是个普通人,不会变魔法。

后来我才想起来,第二天还有一座桥要过,而且不是普普通通的桥。第二天,我们的车会驶过纽约著名的韦拉扎诺海峡大桥。我简直等不及了。

那是我唯一一次成为韦拉扎诺海峡大桥的"建造者"。但我由此想到,其实这辈子的大部分时间里,我都在搭建桥梁。我所搭的桥远不及那座海峡大桥宏伟优雅,更像是通往特雷比西亚的那座桥,只是在几乎干涸的河道上架着的几块木板。我见到过太多需要跨越的鸿沟——时间的鸿沟、文化的鸿沟、人性的鸿沟,于是我找来一块块粗糙的木板,用锯子锯开,又用钉子钉好,为我的孩子,还有可能阅读我作品的其他孩子搭桥。

当然，就像在长岛的那个夜晚我不能变出一座桥一样，我也无法真的为他们搭一座桥。渐渐地，我不无痛苦地意识到，你能为孩子做的不是搭建一座桥，而是成为一座桥——用自身跨越鸿沟。

就像西蒙和加芬克尔在《忧愁河上的金桥》里所唱的：

我愿倒下，

用身体为你架起一座跨越忧愁河的金桥……

需要跨越的河流并非总是充满忧愁。河流对岸或许是一片洋溢着欢愉的乐土，或许是流着牛奶与蜂蜜的丰饶之地。然而，要让孩子信任或喜爱一座桥——在我看来它可以是一本孩子走到哪儿都带着的书，不应用人工合成或没有生命的东西来造，而应是源于生活本身。身为一名作家，能够给予和分享的唯有自身的经历和体验。

我前三部小说的背景都设在封建时代的日本，但它们距离我的生活并不遥远。在动笔写第一部小说时，我已经离开日本七年了，但在写作过程中，我仿佛再次置身其中。如果对我略有了解，你会知道，穆娜、泷子和二郎都是我。但在我笔下的所有人物中，杰斯·亚伦斯或许才是最接近我的一个。可以说，在写这本书的时候，我将自己的身体抛过了曾经最让我恐惧的鸿沟。

我从小就害怕死亡。夜里我会直挺挺地躺在黑暗中，双臂紧贴在身体两侧，生怕睡梦将我引诱到一个不会醒来的国度，或者醒来时发现正身处末日审判中。

随着年岁的增长，我对死亡的恐惧也在逐渐减弱，但从未真正消失。四十一岁这一年，我有挚爱的丈夫和四个深爱的孩子，第一部小说已经出版，第二部即将出版，第二部也在酝酿之中。我生活在喜欢的城市里，有一群知心朋友。也就是在这一年，我被诊断出癌症。我无法理直气壮地喊出"凭什么是我？"，毕竟和世界上其他人相比，我已经拥有了很多宝贵的财富。身为人类俱乐部的持卡会员，疾病也是我必须承受的代价。

尽管手术成功，预后良好，对于我和家人而言，那仍然是一段非常煎熬的时光。就在我们再次站立起来，生活似乎又重新步入正轨的时候，大卫最亲密的朋友被闪电击中而意外身亡。

那一年的春夏两季极其煎熬，但相比于那一年的秋季，它简直不值一提。大卫不仅经历了心理学上关于悲伤的所有典型阶段，还出现了 些尚未被专家归纳总结的行为。比如有段时间，他固执地认为，既然丽萨一直很乖，那么上帝这样做一定不是因为丽萨的罪过，而是对他的惩罚。而且上帝的惩罚还将继续，他爱的每一个人都会因此丧命。我是第二个，接下来就会轮到他妹妹玛丽。

我们倾听他的心声，陪着他一同落泪，可无法再把丽萨还给他。他终于明白，他的父母不过是凡人而已。

一月份，我参加了一场童书协会在华盛顿举办的会议，道顿出版社的安·杜雷尔将在这次会议上发言。不知是某种机缘巧合还是有意为之，我被安排在了主桌。在午餐前例行的客套寒暄时，有人问了一句："孩子们都还好吗？"众所周知，标准答案应该是"都挺好"，可我却笨嘴拙舌地说了实情。我完全停不下来，自顾自开始讲述孩子们的遭遇，同桌的嘉宾在愕然的同时，也深深沉浸在大卫的悲伤之中。

没有人打断我。等我终于肯闭上嘴巴后，安·杜雷尔非常温柔地说道："我知道我的口气很像编辑，但你真的应该把这个故事写下来。"然后补充了一句："当然了，故事里面的孩子不能死于闪电，没有编辑会信的。"

起先，我以为自己写不出来，我和丽萨的关系太近，整个人还茫然无措，可我还是试着开始动笔。就算不是为了孩子，对我自己而言，这也是一种疗愈。我找出一本用过的线圈笔记本，用铅笔在空白页上涂涂写写，万一最后没有下文，我还可以找借口说自己从没把它当回事。

在几次三番的推翻重来后，我收获了三十二张满是涂改痕迹的纸页，这让我觉得这没准儿还真能写成本书。在乐观情绪的鼓舞下，我挪到打字机前，又敲下了几十页，但每完成一页，我就越发感到身体发冷，最后整个人简直快冻僵了。当死亡降临在我虚构的那个孩子身上时,我感到本能的抗拒。

我离开打字机,开始回复各种信件,重新整理书架,甚至打扫厨房——只要能阻止不可避免的那一幕发生,我愿意做任何事。然后有一天,一个朋友关心地询问:"新书写得怎么样了?"我几乎不假思索地答道:"这本书里的一个孩子会死,我不想让她死。"然后我坦诚了自己的想法:"我无法再次面对丽萨的死亡。"

那个朋友是我真正的朋友。她注视着我的眼睛,说道:"凯瑟琳,我觉得你无法面对的不是丽萨的死亡,而是你自己的死亡。"

我径直回了家,冲进书房,关上门。如果我无法面对的是自己的死亡,那么上天为证,我会勇敢面对的。我开始以狂热的态度投入工作,一天就写完了一章,仅仅几周就完成了初稿,冷汗顺着我的双臂流下。

未经修改的初稿远称不上定稿,我很清楚这一点。我也知道真正的作家不会这么做,可我还是冲动地把它打印出来,趁汗水蒸发之前,就把它寄往弗吉尼亚州。

从样稿寄出到编辑答复,再没有比这更漫长的时间了。她肯定不喜欢,所以才没有回信或打电话。这个故事晦涩灰暗,怪里怪气,一无是处。她一定是在想用什么方式告诉我,我的作家生涯已经结束了。

最后，她给我来了电话，原话是这么说的："我笑着读完了前三分之二，哭着读完了后三分之一。"我放心了，她一直都理解我的努力和纠结。她并不知道我生活中究竟发生了什么，但对于我递过去的一束伤痕累累的芦苇，她并未折断丢弃，而是努力帮我编织成一个故事，一个真正的故事，一个有始有终、有血有肉的故事。

她说："我们需要看见莱斯莉的成长和转变。"

这话让我一下想起了学校往事。在卡尔文·H.威利中学尘土飞扬的操场上，有个七年级女生团体，为首的是令人闻风丧胆的潘西，姓什么我已经记不清了。我十岁的时候，天不怕地不怕，唯独怕她。

编辑安·本尼迪斯还说："你必须让读者相信，杰斯真的拥有艺术家的头脑。"做到这一点就更难了，毕竟我没有安那样的艺术眼光。于是我开始阅读文森特·凡·高的书信，说好听点是勇气可嘉，说难听点是不自量力，结果收效甚微。我只好使出老办法，向我的孩子求救。

我问大卫："你怎么从不画大自然呢？"问这话的时候，我有点做贼心虚的感觉。

这位热爱大自然、年仅九岁的小艺术家是这样回答的："我画不出树的韵味。"这是唯一一句我从现实生活中撷取的话语，并且有意识地安在了虚构人物的身上。这种生搬硬套的做法居然奏效了，实属难得。

对这本书进行修改和润色的那几个星期是我这辈子最快乐的一段时光，感觉就像坠入了爱河，内心洋溢着幸福，甚至还有些放肆。每天一早起来，我就迫不及待地开始工作，还常常忘记吃午饭。那片阴暗的幽谷在春天时曾让我望而却步，到了秋天却成为欢乐的山丘。

这一次，当我将手稿寄去弗吉尼亚州时，我是这么说的："我刚给你寄去了一份完美无瑕的手稿，因为爱会让人盲目。"

当然，随着时间的推移，我的"视力"渐渐恢复，我不会再用"完美无瑕"形容这本书，但我依然爱着书中的人物，甚至包括粗鲁莽撞的布兰达和不善言辞的亚伦斯夫人。哦，对了，梅·贝尔，你能当好女王吗？我对莱斯莉的哀悼从未停止，当孩子们问我她为何必须死去时，我很想哭，因为这个问题我至今没有答案。

一些读者并不知道我是谁，却深爱着杰斯·业伦斯和莱斯莉·伯克，这在我看来既奇特又美好。我将自己的恐惧、痛苦和动摇的信念交付给你们，得到的是千百倍爱的回馈。正如先知何西阿所说："灾祸之谷已经成为希望之门。"

西奥多·吉尔曾说："艺术家能为难以想象的幻景勾勒出形状。"在翻阅彼得·斯皮尔的《挪亚方舟》时，我想起了这句话。所谓难以想象的幻景并非世界的毁灭，毕竟我们对此已经展开过太多的假设。在斯皮尔先生笔下，除去毁灭，挪亚方舟上还存在着生命、幽默和关爱，他甚至还描绘了铲粪的场面。当读到最后几行文字时，我从"他种下一片葡萄园"中感受到希望，从"他发现桌上留好了晚餐，还热乎乎的"中感受到温情，它们都令人欢欣鼓舞。

在和《通往特雷比西亚的桥》的小读者们交流时，我碰到过好些不喜欢结尾的孩子。最后，杰斯搭起了一座桥，通往他和莱斯莉共同拥有的秘密王国，这一设定令他们反感。梅·贝尔要取代莱斯莉的位置已经够糟糕了，以后，就连吃手指的乔伊斯·安也会去到那里，这一暗示简直令孩子们深恶痛绝。

他们问我，凭什么让杰斯为不值得的人搭桥？换言之，他们心中对合适、正确和公平的理解受到了冒犯。我听着这些小批评家的意见，并没有试图和他们争辩。他们和我一样，心里很清楚，梅·贝尔不是莱斯莉，以后也不可能成为莱斯莉。但或许有一天，他们能够理解，杰斯所搭的桥象征着某种更广博的爱。他之所以搭一座通往特雷比西亚的桥，并不是为了梅·贝尔，而是为了自己，为了那个勇于跨越鸿沟、进入特雷比西亚的自己。而我之所以让他搭起这座桥，是因为我和先知何西阿一样有勇气相信：只要有一座桥，充满邪恶和绝望的山谷也能成为希望之门。

最后，对于《通往特雷比西亚的桥》题献页结尾的词，我想做一个解释和说明。万岁这个词，你们或许在以前的战争电影里听到过。老实说，在一些书里看到我不懂的意大利语或德语单词时我会非常恼火。但在为这本书写献词时，我所知道的唯一一个合适的词语似乎只有"万岁"。从字面来看的话，这个词有万年的意思，但它还代表了古代帝王时期对皇帝永生的致敬，以及蕴含了英文里欢呼的意味。这是胜利和喜悦的呐喊，是绝望世界中充满希望的话语，它完美体现了我想通过这本书传达出的信息。我相信莱斯莉·伯克也会喜欢这个词。我想向所有用生命为下一代搭起桥梁的人们致敬。

万岁！

凯瑟琳·佩特森

图书在版编目（CIP）数据

通往特雷比西亚的桥 /（美）凯瑟琳·佩特森著；王梦达译. -- 海口：南海出版公司，2024.9. -- ISBN 978-7-5735-0948-2

Ⅰ. I712.84

中国国家版本馆CIP数据核字第2024LS2656号

著作权合同登记号　图字：30-2024-128

BRIDGE TO TERABITHIA
by Katherine Paterson
Copyright © 1977 by Katherine Paterson
Simplified Chinese translation copyright © 2024
by ThinKingdom Media Group Ltd.
Published by arrangement with HarperCollins Children's Books,
a division of HarperCollins Publishers
through Bardon-Chinese Media Agency
ALL RIGHTS RESERVED

通往特雷比西亚的桥
〔美〕凯瑟琳·佩特森 著
王梦达 译

出　　版	南海出版公司　（0898）66568511
	海口市海秀中路51号星华大厦五楼　邮编 570206
发　　行	新经典发行有限公司
	电话(010)68423599　邮箱 editor@readinglife.com
经　　销	新华书店
责任编辑	秦　方　李　爽
装帧设计	韩　笑
内文制作	王春雪
印　　刷	河北鹏润印刷有限公司
开　　本	850毫米×1168毫米　1/32
印　　张	6.5
字　　数	106千
版　　次	2024年9月第1版
印　　次	2024年10月第2次印刷
书　　号	ISBN 978-7-5735-0948-2
定　　价	35.00元

版权所有，侵权必究
如有印装质量问题，请发邮件至 zhiliang@readinglife.com